Gare à toi, Lauren Wood

Eileen Cook

Gare à toi, Lauren Wood

Traduit de l'anglais par
Érika Duchesne

Hurtubise

Catalogage avant publication de Bibliothèque et Archives nationales du Québec et Bibliothèque et Archives Canada

Cook, Eileen

    [Getting revenge on Lauren Wood. Français]

    Gare à toi, Lauren Wood

    Traduction de : Getting revenge on Lauren Wood.
    Pour les jeunes de 14 ans et plus.

    ISBN 978-2-89647-574-2

I. Duchesne, Érika. II. Titre. III. Titre : Getting revenge on Lauren Wood. Français.

PS8605.O635G4714 2011   jC813'.6   C2011-941377-9
PS9605.O635G4714 2011

Nous reconnaissons l'aide financière du gouvernement du Canada par l'entremise du Programme national de traduction pour l'édition du livre pour nos activités de traduction.

Les Éditions Hurtubise bénéficient du soutien financier des institutions suivantes pour leurs activités d'édition :

– Conseil des Arts du Canada ;
– Gouvernement du Canada par l'entremise du Fonds du livre du Canada (PADIÉ) ;
– Société de développement des entreprises culturelles du Québec (SODEC) ;
– Gouvernement du Québec par l'entremise du programme de crédit d'impôt pour l'édition de livres.

Graphisme de la couverture : Cara E. Petrus
Photographie de la couverture : de iStockphoto
Maquette intérieur et mise en pages : Martel en-tête
Traduction : Érika Duchesne

Titre original : Getting revenge on Lauren Wood

ISBN : 978-2-89647-574-2 (version imprimée)
ISBN : 978-2-89647-575-9 (version numérique pdf)

Dépôt légal : 4ᵉ trimestre 2011
Bibliothèque et Archives nationales du Québec
Bibliothèque et Archives Canada

Diffusion-distribution au Canada :   Diffusion-distribution en Europe :
Distribution HMH   Librairie du Québec/DNM
1815, avenue De Lorimier   30, rue Gay-Lussac
Montréal (Québec) H2K 3W6   75005 Paris France
www.distributionhmh.com   www.librairieduquebec.fr

Imprimé au Canada

www.editionshurtubise.com

1

La nuit dernière, j'ai rêvé que je disséquais Lauren Wood dans mon cours de biologie. Elle portait son uniforme de *cheerleader*, la jupe plissée en éventail et le chandail moulant qui s'arrête au nombril. Elle était sur le dos, immobile, le regard fixé sur les carreaux du plafond. Elle n'était pas contente du tout. Je le voyais à son menton relevé et à ses lèvres qui avaient pratiquement disparu. J'ai incisé son torse et j'ai écarté ses côtes, comme un cadeau de Noël à moitié ouvert, pour que tous les élèves puissent bien voir à l'intérieur.

— Comme je le soupçonnais, il n'y a pas de cœur, ai-je déclaré.

J'ai prononcé le verdict en pointant avec mon scalpel la cavité où l'on apercevait un gros morceau de charbon au milieu d'entrailles aussi rouges que les ongles du cobaye. Tous les élèves se sont redressés en affichant le même air consterné et fasciné que moi. Les rouages internes de Lauren Wood étaient enfin dévoilés à la face du monde.

— La Terre appelle Helen.

Monsieur Porto, mon professeur de biologie, me dévisageait en attendant une réponse. Quelqu'un derrière moi a ricané. Je n'avais pas entendu la question. Je revivais le rêve de la nuit dernière, à des années-lumière de la classe. J'ai fait le tour de ma table dans l'espoir d'y trouver la réponse, mais la seule chose qu'il y avait sur ma feuille était le dessin d'un cœur anatomiquement correct que j'avais griffonné. J'étais certaine que je n'arriverais pas à impressionner monsieur Porto avec mes talents d'artiste à cet instant précis. J'ai prié pour que le temps s'accélère et que la cloche sonne, mais les secondes ne semblaient pas du tout pressées. Monsieur Porto s'est résigné et a dit :

— Je sais que les vacances commencent dans quelques jours, mais vous devriez vous soucier davantage de l'examen final que de vos plans pour l'été. Quelqu'un d'autre peut-il nommer les six règnes de la classification scientifique des espèces ?

Monsieur Porto balayait la classe des yeux à la recherche d'une nouvelle victime. Je me suis affalée sur ma chaise en tentant de retrouver le cours de mes pensées et mon état naturel d'invisibilité.

Avant le fameux « incident », j'avais partagé tous les moments de ma vie avec Lauren. Nous sommes nées dans le même hôpital ; elle m'avait devancée d'un jour. Nous étions l'une à côté de l'autre à la pouponnière, notre premier pyjama-party. Lauren Wood, suivie d'Helen Worthington. Même dans l'ordre alphabétique, Lauren passait avant moi. Lauren apparaît sur toutes mes photos d'anniversaire : du premier, où on la voit qui enfonce son poing dans le gâteau, au quatorzième, où nous jouons au mannequin devant l'objectif, Lauren cachant la moitié de mon visage avec son bras négligemment allongé. En ressassant le passé, je me rends compte à quel point elle avait toujours besoin d'être le centre de l'attention.

À propos d'attention, Carrie Edwards doit certainement viser le statut de star de la biologie. Elle a agité son bras comme un agent de la circulation jusqu'à ce que monsieur Porto la désigne. Elle a débité :

— Eubactéries, archéobactéries, protistes, champignons, végétaux et animaux.

Carrie a ensuite fait une pause, comme si elle attendait nos applaudissements. J'ai dessiné une caricature de *cheerleader* sur ma feuille. Je l'ai dotée d'une bouche immense. Mon regard a glissé vers l'horloge et j'ai observé les dernières secondes s'égrener. Lorsque la cloche a sonné, tous les élèves se sont levés en bloc pour se précipiter vers la porte.

— N'oubliez pas de réviser le chapitre vingt-deux avant l'examen ! Je ne veux entendre personne me dire qu'il ne savait pas qu'il fallait étudier ce chapitre. Je ne le répéterai pas ! a dit notre enseignant.

Monsieur Porto s'époumonait en vain devant nos dos en fuite. Le bruit dans le couloir était encore plus assourdissant qu'à l'habitude. Tout le monde était excité par la perspective des vacances. L'an prochain, nous allions être en dernière année du secondaire, au sommet de notre gloire. J'ai traversé seule le corridor. Quelques élèves m'ont fait un signe de tête, mais personne ne m'a adressé la parole.

C'était aussi la fin de l'année scolaire lorsque c'est arrivé, il y a maintenant trois ans, quelques jours après mon quatorzième anniversaire. Je scrute parfois les photos de cette fête pour y chercher des indices. Lauren et moi sourions. Mon sourire n'a rien d'incongru, je ne savais pas ce qui m'attendait, par contre Lauren devait le savoir puisqu'elle avait déjà mis en branle une partie de son plan. Mais je ne vois aucun signe de regret sur son visage. Aucune hésitation, seulement son plus beau profil. Je suppose qu'elle croyait que je lui serais reconnaissante d'avoir pu célébrer mon anniversaire avant que le monde ne s'écroule autour de moi. C'était la moindre des choses. Après tout, nos amies sont là pour ça.

2

TROIS ANS PLUS TÔT, AU PRINTEMPS,
EN DEUXIÈME ANNÉE DU SECONDAIRE

Je n'aurais jamais dû mettre ma jupe en jeans. Je n'étais pas grosse, mais je m'approchais dangereusement de la frontière des potelées. Je voulais la porter parce que je trouvais qu'elle m'allait bien, mais je l'ai vite regretté. Il faisait trop chaud pour endurer des collants et mes cuisses nues frottaient l'une contre l'autre quand je marchais. J'avais l'impression que des ampoules étaient en train de se former. J'ai changé à nouveau de position sur les gradins pour tenter de créer un courant d'air sous ma jupe. Lauren s'est exclamée :

— Qu'est-ce qui se passe ? Peux-tu arrêter de gigoter ?

— J'ai chaud, ai-je expliqué.

— Bizarre, c'est moi qui suis *hot* ici.

Lauren avait pris un air de diva.

— Ha, ha. Lauren Wood, l'humoriste de l'heure, ai-je annoncé.

Lauren a fait la révérence. J'étais contente de la voir s'amuser, même si sa blague était ratée. L'idée de changer d'école l'inquiétait beaucoup plus que moi. Depuis des semaines, elle était d'une humeur exécrable et s'emportait pour un rien. Seulement la semaine précédente, nous avions eu quatre disputes. Après l'une d'elles, Lauren ne m'a pas parlé de la journée parce qu'elle croyait que j'avais ri de son lunch. Le silence était l'arme de prédilection de Lauren quand quelqu'un l'embêtait. J'ai fini par la supplier de me pardonner même si j'étais convaincue de n'avoir rien fait de mal. Nos rôles étaient établis depuis des années : Lauren était la reine du drame, j'étais la diplomate. Je l'ai implorée de cesser d'être fâchée contre moi. J'ai même déclaré que j'étais profondément désolée si ses biscuits Oreo avaient souffert de troubles émotifs à cause de moi. J'étais prête à piler sur mon orgueil. Le bonheur de ma meilleure amie valait bien ça.

— Vois-tu le garçon là-bas ?

Lauren a indiqué la gauche avec sa tête. Je me suis avancée pour mieux voir, mais elle a enfoncé son coude osseux dans mes côtes en ajoutant précipitamment :

— Ne le regarde pas.

— Comment suis-je censée le voir alors ?

— Observe-le, mais *sans avoir l'air* de le regarder. Bon sang !

De façon désinvolte, j'ai parcouru la foule du regard. Le gymnase était bondé. L'école Lincoln était gigantesque. On comptait au moins sept cents jeunes par niveau. Les élèves de premier cycle venaient d'établissements des quatre coins de la ville. Chaque printemps, l'école Lincoln organisait une activité pour réunir les futurs élèves afin qu'ils créent des liens avant la rentrée. Nous avions déjà visité les lieux, assisté à une « foire » des activités parascolaires pour découvrir tous les choix qui s'offraient à nous et avalé un repas chaud à la cafétéria.

Nous étions maintenant tous au gymnase pour terminer la journée par un rassemblement en l'honneur de cette grande institution. Tout ce cirque avait pour but de réduire notre sentiment de panique à l'automne prochain, comme si l'éventualité de ne pas retrouver notre casier était le véritable problème. Si les écoles voulaient vraiment faire baisser le niveau de stress, elles distribueraient des guides contenant des informations utiles : telle salle de bain est utilisée par les amateurs de substances illicites, l'évier du laboratoire de biologie asperge toujours les utilisateurs et il ne faut jamais choisir le repas chaud à la cafétéria les jours où ils servent du pâté chinois, car il est composé de restes de la semaine précédente surmontés de purée de pommes de terre en boîte. On ne nous transmet jamais les bons renseignements. Il faut les découvrir à nos dépens.

Lauren ne prenait pas les choses à la légère. Elle avait pris des notes pendant la foire et ramassé des documents à chacune des tables pour classer les activités par ordre de préférence, de la pire à la plus intéressante. Je pressentais que sa mère l'aiderait plus tard en transcrivant ses notes dans un tableau Excel où elle ajouterait le niveau d'acceptabilité sociale comme critère.

J'ai balayé des yeux les rangées d'élèves. Au début, je n'arrivais pas à trouver le garçon qui avait attiré l'attention de Lauren, puis je l'ai vu. Généralement, Lauren préférait les beautés classiques : cheveux blonds, grands, style BCBG. Ce garçon était différent. Il était adossé sur les bancs derrière lui. Il portait un T-shirt vintage. Pas le genre qu'on achète chez Old Navy et qui *a l'air* d'époque, mais qui a été fait en Chine quelques mois plus tôt. Le sien était authentique, décoloré et adouci par des années de lavage. Il avait les cheveux roux, courts à l'arrière, mais plus longs à l'avant.

J'étais en train de le fixer quand il s'est tourné dans ma direction. Nos regards se sont rencontrés. Il m'a souri et m'a saluée discrètement.

— Oh, mon Dieu, il m'a vue ! me suis-je écriée.

Je me suis enfoncée dans mon siège pendant que Lauren se penchait pour analyser la situation. Elle a murmuré :

— Il nous fait signe.

Elle s'est retournée et nous avons éclaté de rire. Lauren m'a demandé :

— Qu'est-ce qu'il fait ?

— Je ne regarde plus de ce côté. Fais-le, toi.

— Il n'en est pas question. C'est à ton tour.

Je me suis inclinée pour jeter un coup d'œil. Il m'a saluée de nouveau. Un sourire s'est dessiné sur mon visage. Je me suis dit que je n'avais rien à perdre et je l'ai salué à mon tour. Lauren a attrapé mon bras et l'a rabaissé en passant à deux cheveux de l'arracher de mon épaule. J'ai reculé si vite que j'ai perdu pied et j'ai failli tomber de mon siège.

— Mais qu'est-ce qui te prend ?

Lauren m'a posé cette question en vérifiant autour d'elle si quelqu'un avait remarqué qu'elle était assise à côté de moi, l'idiote diplômée.

— Il sait qu'on l'a remarqué, on ne peut plus faire comme si de rien n'était, ai-je dit.

— Oh, mon Dieu ! Il s'en vient par ici. De quoi ai-je l'air ?

Lauren s'est essuyé les dents avec son doigt au cas où une parcelle du dîner serait restée coincée. Je l'ai examinée de la tête aux pieds. Elle ressemblait à la Lauren que j'ai toujours connue.

— Allô.

Le joli garçon spécialiste des salutations se tenait au bout de notre rangée, les mains dans les poches. Il a souri et j'ai senti mon ventre se nouer très lentement, mais d'une façon agréable, pas comme lorsqu'on croque un truc moisi. Lauren a ri sottement et n'a rien dit.

— Salut, ai-je finalement prononcé.

Je lui ai répondu parce qu'il fallait que l'une de nous dise quelque chose. Il a continué :

— Je m'appelle Tyler.

— Helen. Et voici ma meilleure amie, Lauren.

Lauren a encore ri sottement. Elle faisait un truc avec ses yeux, comme si une graine s'y était logée. Ses battements de cils semblaient provoqués par des spasmes. Ce mouvement devait être hypnotisant parce que Tyler la dévisageait avec un sourire niais sur le visage. Une fois tout le monde identifié, les sujets de conversation risquaient de se faire rares. J'ai regardé son T-shirt et j'ai encore souri spontanément. On y voyait le logo du festival du film de Sundance. J'ai brisé la glace :

— Es-tu un amateur de cinéma ?

— Oui. Et toi ?

Il avait cessé de fixer Lauren. J'ai répondu :

— Oui. J'aime surtout les vieux films, comme *L'Impossible monsieur Bébé* ou *Indiscrétions*.

— Je préfère le cinéma actuel, mais marginal. Comme ce que font les frères Cohen, par exemple.

— Curtiz avait plus de talent.

— Qui ? a-t-il demandé.

Ce garçon se vantait d'être un cinéphile et il ne connaissait pas Curtiz ? Allô ?

J'ai précisé :

— Le réalisateur de *Casablanca*.

— *Casablanca* ? Pourrais-tu choisir un truc plus démodé ? a lancé Lauren.

Elle avait protesté avec véhémence. Puis, elle a rejeté ses cheveux en arrière. Tyler a ri comme si elle avait dit quelque chose d'extrêmement amusant. Il lui a demandé :

— Alors, quel genre de films aimes-tu ?

— Les films d'amour.

Lauren battait des cils de plus belle. J'ai explosé :

— Comment peux-tu dire que tu apprécies le cinéma si tu n'aimes pas *Casablanca* ? C'est comme dire que tu adores la crème glacée, mais pas à la vanille !

Les deux m'ont dévisagée sans prononcer un mot. On aurait dit qu'ils s'étaient entendus pour faire comme si de rien n'était.

— J'ai été enchanté de te connaître, Lauren, a dit Tyler.

Il lui a souri et s'est tourné vers moi.

— Moi, c'est Helen. Heureuse de te connaître également.

J'ai senti le rouge envahir mes joues. Quelqu'un dans le gymnase testait le micro et demandait aux gens de s'asseoir.

— Je dois y aller, a déclaré Tyler.

Il s'est penché et a pris le crayon que j'avais dans la main avant d'ajouter :

— Voici mon numéro, appelez-moi si vous avez envie d'aller au cinéma.

Il a griffonné des chiffres sur ma feuille. Je l'ai regardé comme si je n'avais jamais vu un numéro de téléphone de ma vie. En tout cas, je n'avais jamais eu celui d'un garçon. Il me faudra peut-être encadrer ce papier. J'ai bafouillé en rougissant un peu plus :

— Oui, c'est ça.

— On se reverra sûrement, a dit Lauren.

Elle avait retrouvé sa voix. Tyler l'a saluée avant d'aller rejoindre ses amis. Je me suis retournée pour voir si Lauren avait remarqué à quel point ses jeans lui allaient bien. Elle me fixait, les lèvres si serrées qu'on les voyait à peine... Oh, oh...

— Helen, pourquoi ne t'es-tu pas jetée à ses pieds tant qu'à y être ?

— Quoi ? me suis-je exclamée.

— Tu savais qu'il me plaisait, mais tu l'as pratiquement attaqué quand il est arrivé.

— Il t'intéresse ?

Lauren a détourné les yeux :

— Peu importe...

— Je n'ai fait que lui parler.

— Es-tu un amateur de cinéma ? Moi, *j'adore* le cinéma. Permettez-moi de vous ennuyer avec tout ce que je connais sur les vieux films stupides.

La voix de Lauren était de plus en plus aiguë.

— Je suis désolée, ai-je dit.

J'essayais de trouver ce que j'avais fait de mal. C'était évident que je l'avais agacée, mais ce n'est pas comme si j'avais parlé de cinéma sans raison. Lauren s'est croisé les bras en fixant le plancher et a lancé :

— Laisse tomber. Mais tu dois arrêter ça.

— Arrêter quoi ?

— De toujours agir comme une idiote. On ira bientôt à une nouvelle école, est-ce que ça te tuerait d'agir comme une personne normale de temps en temps ? Tu sais, c'est une chose d'aimer les trucs bizarres, mais tu n'es pas obligée de t'en vanter chaque fois que l'on rencontre quelqu'un.

— Les vieux films, ce n'est pas bizarre. Ce n'est pas comme si j'aimais la taxidermie ou un truc du genre.

Lauren a poussé un profond soupir et a conclu :

— Déjà, de mentionner la taxidermie, c'est étrange. On dirait que tu ne sais pas ce que le mot « normal » signifie.

Nous sommes restées assises en silence jusqu'à ce que l'orchestre se mette à jouer l'hymne de l'école Lincoln pour annoncer officiellement le début des allocutions. J'ai risqué un coup d'œil en direction de Tyler. Il nous épiait. J'ai détourné la tête rapidement, comme si j'avais été prise en flagrant délit. Je ne sais pas pourquoi je m'en faisais. Lauren était la seule personne qu'il voyait. Tout le monde aimait Lauren. Je venais en bonus. J'étais le gadget gratuit que les gens obtenaient quand ils la fréquentaient.

Ce rassemblement a duré une éternité. Si une autre personne s'était levée pour nous décrire toutes les perspectives qui s'offriraient à nous au cours des dernières années de notre secondaire, j'aurais enfoncé un crayon bien aiguisé dans mon oreille. J'ai murmuré à Lauren :

— Je dois aller aux toilettes.

— Merci pour le renseignement.

— Sérieusement, je dois y aller. Viens avec moi.

— Pas maintenant.

Lauren me montrait la scène. Les *cheerleaders* de Lincoln étaient sur le point de présenter une chorégraphie.

— On devrait essayer de faire partie de l'équipe l'an prochain, a-t-elle déclaré.

Elle a fouillé dans sa pile de documents pour trouver celui qui donnait des informations sur cette activité. J'ai regardé Lauren comme si elle venait de m'annoncer qu'elle souhaitait faire du rodéo. Nous n'étions ni l'une ni l'autre le type de filles destinées à cette discipline. Les cuisses des *cheerleaders* ne frottent pas l'une contre l'autre. Et Lauren, qui n'avait pas ce problème de cuisses, souffrait de maladresse en phase quasi terminale. Elle était incapable de faire la roue sans tomber. J'ai demandé :

— Est-ce que tu me fais marcher ?

— Quoi ? On pourrait devenir meneuses de claques.

— As-tu déjà remarqué que ce sont les filles les plus populaires de l'école ?

— Oui.

— Nous ne sommes *pas* des filles populaires.

Ça me brisait le cœur de devoir lui signaler cette réalité, mais on aurait pu croire qu'elle s'en serait aperçue depuis le temps. Elle ne s'est pas démontée :

— Ma mère dit que nous prendrons un nouveau départ dans cette grande école.

J'ai levé les yeux au ciel. Nouveau départ, peut-être, transformation extrême, improbable. Lauren s'est concentrée sur la chorégraphie des manipulatrices de pompons comme si sa survie dépendait de la mémorisation de chacun de leurs gestes. Je suis passée devant elle, la laissant à ses rêves.

Les toilettes sous les gradins servaient également de vestiaire. Il y régnait une odeur composée de chlore, de serviettes moisies et d'antisudorifique. J'ai poussé la porte d'une cabine et je me suis assise. Dès que j'ai pris place, la porte est revenue vers moi en grinçant. Je l'ai refermée d'un coup de pied, mais elle ne s'est pas arrêtée et elle s'est ouverte à la volée. Super ! Un verrou brisé et me voilà exhibée devant tout le vestiaire. C'est exactement le genre de choses que les écoles devraient mentionner et qu'elles passent sous silence.

Tout à coup, j'ai entendu quelqu'un rire. J'ai fini aussi vite que j'ai pu et j'ai replacé ma jupe en essayant d'afficher un air désinvolte. J'ai attendu un peu, mais personne n'est entré dans les toilettes. Je me suis approchée des lavabos où les voix et les rires se sont amplifiés. Une porte menant à la piscine était verrouillée de l'intérieur du vestiaire. J'y ai appuyé mon oreille. Les voix provenaient de là, il n'y avait aucun doute.

J'ai poussé le verrou, ce qui a produit un bruit terrible, mais les voix de l'autre côté ont continué de plus belle. J'ai ouvert lentement la porte et j'ai regardé par l'entrebâillement.

18

Merde. Merde.

Il y avait des bulles de savon partout ; elles envahissaient le plancher carrelé en formant un voile de mousse. La piscine était couverte d'une mixture écumeuse qui lui donnait l'air d'un cappuccino géant. Au fond de la salle, près des tremplins, un groupe de finissants vidaient des bouteilles de savon à vaisselle jaune citron dans l'eau en riant. Matt Ryan, l'athlète par excellence de l'école, comme je l'avais appris dans le journal, se tenait plus loin et tentait de capturer la scène avec la caméra de son téléphone. C'est lui qui m'a aperçue. Il m'a fait un clin d'œil et a mis un doigt sur sa bouche – le symbole international pour « tais-toi ou... ». J'ai compris qu'il fallait faire comme si je n'avais rien vu. J'ai fermé la porte doucement et je l'ai verrouillée.

— Qu'est-ce que tu fais ?

J'ai sursauté et je me suis retournée pour découvrir Lauren.

— Des finissants sont en train de verser du savon dans la piscine, ai-je expliqué.

— Tu divagues !

Lauren est passée derrière moi et a glissé le verrou. J'ai tenté de la dissuader :

— Je ne crois pas que nous devrions être au courant.

— Bah.

Lauren a ouvert la porte et a regardé à son tour par l'entrebâillement. Elle a émis un petit cri avant de refermer la porte.

— Ce doit être la fameuse plaisanterie des finissants, a-t-elle soufflé.

Cette plaisanterie était une tradition bien établie à l'école Lincoln. Chaque cohorte cherchait à surpasser la précédente. Je me suis dit que lorsque ce serait notre tour, il faudrait trouver un gag assez costaud pour passer à CNN, le kidnapping du président des États-Unis, par exemple. J'ai dit à Lauren :

— Ils ont probablement déversé une douzaine de bouteilles de savon dans la piscine.

— Nous devrions partir. Le rassemblement est presque terminé. Il ne faut pas qu'on nous voie ici.

Lauren s'est élancée vers la sortie. Un mur de bulles se pressait contre la vitre givrée de la porte qui donnait directement sur la piscine. J'ai couru derrière Lauren.

Toute cette histoire me semblait amusante. Ce n'était qu'une blague, après tout. Du plaisir en forme de mousse. Je trouvais ça cool d'être au courant, surtout que je n'étais pas encore officiellement une élève de l'école.

La direction de l'école Lincoln n'a pas pris cet incident à la légère. Apparemment, le savon à vaisselle et les filtres de piscine ne font pas bon ménage. Il faut ajouter que l'un des concierges de l'école a glissé sur le bord de la piscine et s'est blessé au genou en tombant. D'après les rumeurs, il poursuivrait l'école pour obtenir une compensation se chiffrant à quelques millions de dollars. Cette partie de l'histoire n'a pas été confirmée. Ce qui est sûr, par contre, c'est que la direction s'est donné pour mission d'identifier les coupables.

Le lendemain de mon anniversaire, un article est paru dans le journal du dimanche expliquant que les finissants responsables de la plaisanterie avaient été démasqués. On y voyait une photo de monsieur LaPoint, le directeur, les bras croisés et l'air sévère. Il a qualifié les fautifs de « chefs de bande », comme s'il s'agissait du crime organisé et non d'une farce d'écoliers. Il a interdit aux quatre coupables d'assister à leur bal de finissants et à la remise des diplômes. Il voulait leur refuser leur diplôme, mais le conseil scolaire n'a pas voulu aller aussi loin. On a interrogé des citoyens à propos de l'affaire et la plupart étaient d'avis que le châtiment était trop sévère, même si certaines personnes semblaient croire que la peine de mort aurait été justifiée.

Le premier indice signalant que quelque chose clochait – c'est-à-dire que j'étais impliquée dans cette histoire – m'a sauté aux yeux le lundi matin. Je portais le nouveau chandail blanc et soyeux que j'avais reçu à mon anniversaire. J'étais de très bonne humeur jusqu'à ce que j'arrive à mon casier. Le mot *DÉNONCIATRICE* était écrit au marqueur noir sur la porte. Il était même souligné trois fois. Je me suis approchée lentement, un doigt devant moi. L'encre paraissait encore humide, mais elle était sèche. Elle ne laissait pas de marque. J'ai entendu quelqu'un rire et quand je me suis retournée, j'ai vu une bande de filles qui me dévisageaient du bout du couloir. Elles ont détalé en riant. En me rendant au local de mathématiques, j'ai constaté que tout le monde m'évitait. Un bouclier invisible semblait s'être installé entre mon corps et celui des autres. Nul ne s'est approché à moins d'un mètre de ma petite personne. On aurait dit que j'avais attrapé la lèpre pendant la fin de semaine.

Je marchais vers la classe quand quelqu'un m'a bousculée par-derrière. Mon manuel et mes documents ont fait un vol plané vers le plancher. Je me suis retournée brusquement et j'ai vu Bill, un élève de mon cours de maths. En me fixant, il a dit d'un ton monocorde : « Quoi ? »

J'entendais ses amis rire. Je me suis agenouillée pour ramasser mes affaires. Personne ne m'a adressé la parole pendant le cours. Je n'ai jamais été miss Sociabilité, mais là, c'était différent. Je sentais que les élèves me fixaient, mais dès que je me tournais vers eux, ils évitaient mon regard. J'avais tellement mal au ventre que j'avais envie de vomir. Même monsieur Grady, notre professeur, semblait m'avoir prise en grippe. Toute la matinée s'est déroulée sur le même thème. J'ai cherché Lauren, mais elle n'était ni au cours d'anglais ni à son casier entre les cours. Quand je l'ai aperçue dans la file à la cafétéria, je n'ai jamais été aussi heureuse de voir quelqu'un de ma vie. J'ai dû me retenir pour ne pas courir vers elle.

— Où étais-tu ? lui ai-je demandé.

Lauren me fixait comme si elle ne m'avait jamais vue de sa vie. J'avais l'impression de jouer dans un film de science-fiction bizarroïde.

— Qu'est-ce que tu veux ?

Elle a posé la question en tenant son plateau entre nous deux comme un rempart.

— Qu'est-ce qui te prend ? Il faut que je te parle, ai-je dit.

J'ai effleuré son coude. Lauren a eu un sursaut, déséquilibrant son plateau, et la sauce rouge orangée des raviolis s'est renversée sur mon nouveau chandail. Nous avons toutes les deux regardé la tache qui grossissait à vue d'œil. Tandis que tout le monde dans la cafétéria nous observait bouche bée, Lauren a dit :

— Ne me touche pas.

— Lauren, pourquoi es-tu en colère ? Pourquoi tout le monde est-il fâché contre moi ?

Un élève dans la file a émis un grognement d'incrédulité. Lauren s'est lancée :

— Je n'aurais jamais cru que tu pourrais faire un truc comme ça.

— Comme quoi ?

— Dénoncer les finissants. Tu sais, tu n'es pas la seule concernée. En les dénonçant, tu donnes l'impression que tous les élèves de notre école sont des bébés. Nous devrons tous essayer de nous intégrer à l'école Lincoln l'an prochain. Nous serons catalogués comme le groupe qui a dénoncé les finissants les plus populaires. On va nous associer à ce que tu as fait. C'était seulement une plaisanterie, Helen.

Lauren parlait tellement fort que j'étais convaincue que tout le monde dans la cafétéria l'avait entendue. J'ai répondu à voix basse :

— Mais je ne les ai pas dénoncés, Lauren.

— Ça ne sert à rien de mentir. Tout le monde le sait maintenant.

J'ai senti les larmes monter et ma gorge se serrer, m'empêchant d'en dire plus. Sous les insultes des élèves, je suis sortie de la cafétéria comme un robot. Sans même passer par mon casier, je suis allée directement à la maison. J'ai enlevé mon chandail massacré, je l'ai poussé sous mon lit et je me suis cachée sous les couvertures. Quand ma mère est arrivée, je lui ai raconté que j'étais malade.

Je suis restée à la maison toute la semaine pour cause de maladie. Ce n'était même pas un mensonge. Je me sentais vraiment mal. Je ne voulais rien manger et même si j'étais épuisée, je n'arrivais pas à dormir. Le vendredi, je suis allée chez Lauren. Il fallait que je trouve un moyen d'arranger les choses. Je pouvais vivre avec la colère de tous les élèves de l'école, mais je ne supportais pas que ma meilleure amie reste fâchée. Lauren était dans la cour arrière avec un type que je ne connaissais pas. Ils portaient tous les deux un survêtement de sport. Je suis restée près de la barrière pour les observer. Il l'aidait à apprendre à faire la roue :

— Garde les jambes bien droites.

— J'essaie.

— Tu peux y arriver. C'est une question de confiance. Tu penses que tu vas tomber, alors tu tombes. Aie confiance. Tu montes, tu tournes.

Lauren a exécuté une roue parfaite. En poussant un petit cri, elle s'est élancée dans les bras de l'inconnu. C'est à ce moment-là qu'elle m'a vue :

— Helen ?

Nous nous regardions, aussi embarrassées l'une que l'autre. Elle a brisé le silence :

— Voici Mark, mon moniteur de gymnastique. C'est ma mère qui l'a engagé.

Mark s'est excusé, puis il est parti.

— Tu veux toujours essayer de faire partie de l'équipe de *cheerleading*, hein ? ai-je dit.

— Hum, hum.

— Je n'ai rien dit à personne, Lauren. Tu dois me croire.

Les mots sont sortis d'un seul souffle. Mes yeux brûlaient et menaçaient de déborder. Lauren s'est croisé les bras et a soupiré d'une voix exaspérée :

— Ne commence pas à pleurer.

— Quelqu'un d'autre a dû les dénoncer, ou peut-être que l'un des coupables a eu peur et a dénoncé les autres. Ensemble, on peut peut-être découvrir le coupable.

Lauren adorait les enquêtes, j'espérais donc la convaincre que ce serait amusant de percer ce mystère.

— Bon sang, oublie ça. Personne d'autre ne les a dénoncés.

Je l'ai regardée et un courant glacé a parcouru mon corps. Les morceaux du casse-tête se mettaient en place. J'ai balbutié :

— Toi...

Ma voix s'est éteinte.

— Moi.

— Pourquoi ?

— Te souviens-tu quand monsieur LaPoint, le directeur, a parlé des nombreuses perspectives qui s'offriraient à nous au cours des prochaines années ?

J'ai acquiescé.

— Eh bien, j'en ai saisi une, a-t-elle enchaîné.

— De quoi parles-tu ?

— Savais-tu qu'Emily Watson m'a téléphoné ?

— Qui ?

— Emily Watson. Elle est déjà à Lincoln. Elle sera en dernière année l'an prochain et elle est capitaine de l'équipe de *cheerleading*. Elle a beaucoup aimé que je sois prête à révéler qui avait dénoncé ses copains. Quand je lui ai dit que je craignais de me faire des ennemis, parce que tu étais ma meilleure amie, elle m'a dit de ne pas m'inquiéter. Elle va faire en sorte que je rencontre plein d'élèves l'an prochain.

— Je n'ai pas dénoncé qui que ce soit. C'est toi qui l'as fait, lui ai-je rappelé.

— Oui, mais ça ne fait rien. La vérité, ce n'est pas ça qui compte. Ce qui compte, c'est ce que les gens *croient* être la vérité. Si je veux réussir à me démarquer, il me faut des appuis de la part de personnes qui ont la capacité de m'apporter ce que je veux.

Elle ne me quittait pas des yeux. Je me suis assise par terre d'un coup en me vidant de mon air.

— Mais pourquoi ? ai-je murmuré.

— Il n'y a pas toujours de raisons fondamentales. C'est comme ça.

— Mais tu es ma meilleure amie.

— Et tu te contentes de peu. Tu te fiches de porter les bons vêtements ou d'être invitée aux événements qui comptent. Tu es heureuse de louer des films le vendredi soir. Et pas des nouveautés en plus ! Tu choisis toujours des vieilleries que personne n'a vues depuis des centaines d'années. Je veux sortir. Je veux qu'on m'invite. On était dans les ligues mineures. Là, j'ai l'occasion de faire partie des ligues majeures.

— Et c'est si important ? ai-je demandé.

— Évidemment que c'est important.

Lauren s'est mise à agiter les bras en faisant les cent pas et elle m'a expliqué :

— Ma mère dit que les amis que l'on a au secondaire déterminent qui seront nos amis à l'université puis qui seront nos contacts le reste de notre vie.

— Moi, ma mère dit qu'on ne peut pas acheter l'amitié.

— Ta mère est une hippie qui ne met même pas de déodorant.

— Elle en met ! Sauf que c'est de la pierre de cristal.

— Si tu le dis.

— Donc, tu ne veux plus rien savoir de moi. C'est ça ?

J'entendais ma voix devenir de plus en plus haute et éraillée. Cette conversation n'allait pas du tout dans la direction que j'avais prévue. Je m'étais dit que le plus dur serait de la convaincre que je ne les avais pas dénoncés. Je ne m'attendais pas du tout à cet aveu.

Lauren s'est assise à côté de moi et a commencé à arracher des brins d'herbe. Nous sommes restées silencieuses pendant un moment. Puis elle a ajouté :

— Rien ne dure éternellement. Quand je serai populaire, on pourra redevenir amies. Comme ça, tu seras populaire, toi aussi. Tout ça aura valu la peine.

— Qu'est-ce qui te fait croire que je voudrai être ton amie ?

— Qu'est-ce qui te fait croire que tu auras d'autres options ?

3

Les deux dernières semaines de l'année scolaire ont été abominables. Quelqu'un a écrasé du thon pourri dans les fentes d'aération de mon casier et tous mes effets empestaient. Un élève dans mon cours d'anglais a étendu de la colle sur ma chaise. Personne ne m'adressait la parole, mais tout le monde chuchotait dans mon dos. Certains glissaient des messages haineux dans mes cahiers. Même le concierge a cessé de laver la porte de mon casier, parce que chaque fois qu'il le faisait, quelqu'un réécrivait DÉNONCIATRICE. J'ai cessé de manger à la cafétéria lorsqu'un garçon a craché dans mon plateau. Pendant les deux dernières semaines d'école, je me suis installée au fond de la bibliothèque à l'heure du dîner en faisant semblant d'étudier. Pendant le cours d'éducation physique, quelqu'un a jeté mes vêtements sur le plancher mouillé des douches. J'ai dû passer le reste de la journée en tenue de sport. Je pleurais tous les soirs. Mes parents en ont parlé au directeur, mais il a dit qu'il ne pouvait rien faire et que je devais « passer seule à travers » cette mésaventure.

Ma mère a tenté de me convaincre que tout irait mieux l'an prochain et que je me ferais de nouveaux amis, mais je ne la croyais pas. De la façon dont je voyais les choses, ce serait encore pire à l'école Lincoln. Au lieu d'avoir cent cinquante camarades de classe qui cherchent à gâcher ma vie, j'en aurais sept cents. Et si on compte tous les niveaux, des milliers de personnes se consacreraient à rendre mon existence infernale. J'étais convaincue que ma réputation de délatrice s'était répandue dans toutes les écoles de la ville.

Mes parents croient sincèrement au karma. En fait, ils croient à toute une panoplie de trucs : le chi, le feng shui, les bienfaits du végétalisme, la supériorité des tissus naturels. Ils croient à presque tout, de Bouddha aux fées. La plupart du temps, je ne fais pas trop attention à ce qu'ils racontent. Ils me répétaient que le tout allait magiquement s'arranger, que l'univers allait prendre les choses en main. Je me faisais tranquillement à l'idée qu'il me faudrait fuguer lorsqu'il s'est avéré que mes parents disaient vrai. Mon père s'est fait offrir un emploi à New York. Merci, mon Dieu. Vive le karma.

Techniquement, ce n'était pas dans la ville de New York, mais dans une ville voisine. Ça me convenait très bien. En réalité, j'aurais été partante pour n'importe quelle destination, même au plus profond de l'Alaska. Tout ce que je voulais, c'était me retrouver aussi loin que possible de Terrace, au Michigan. J'étais si contente que je n'ai pas rechigné au moment de faire les boîtes pour le déménagement. Pour une fois dans ma vie, l'univers avait entendu mes appels à l'aide.

Du dernier jour de l'école jusqu'à ce que nous déménagions à la fin de juillet, je n'ai eu aucune nouvelle de Lauren. J'imagine qu'elle était trop occupée à maîtriser les subtilités de la roue pour trouver le temps de dire au revoir à sa meilleure amie. Elle m'avait peut-être complètement oubliée... Mais moi, je ne l'ai pas oubliée, pas même une seule journée.

4

Je mentirais si je disais que je n'ai jamais pensé à me venger de Lauren pendant ces trois ans à New York. Mais je n'avais jamais concocté de plan précis. Une fois, j'ai habillé une poupée Barbie en *cheerleader* et je l'ai jetée dans la déchiqueteuse géante du parc. J'ai souri méchamment à la vue des minuscules copeaux de chair plastique qui en sont sortis. Même si j'y pensais tout le temps, je ne croyais pas que je remédierais un jour à la situation. Les problèmes logistiques étaient suffisants pour contrecarrer mes plans. Je vivais à l'autre bout du pays et la vengeance par la poste ne m'apparaissait pas particulièrement satisfaisante. Sans compter la loi qui interdit l'envoi d'anthrax. J'espérais que mes parents avaient raison, que le karma équilibrerait les choses et que Lauren souffrirait de quelques-uns des malheurs suivants (ou préférablement de tous) :

1. Elle serait défigurée pour la vie par une attaque d'acné virulente.
2. Elle subirait un accident pendant une routine de *cheerleading* au cours duquel elle mourrait étouffée par un pompon rebelle.
3. Tous ses cheveux tomberaient sous l'effet d'un shampooing défectueux.

4. Tous les mensonges qu'elle a proférés reviendraient la hanter en noircissant sa langue.

Mais rien de tout ça n'est arrivé. Je l'ai observée de loin en consultant illicitement sa page Facebook. Je me disais que je m'en foutais, mais je ne pouvais pas m'empêcher d'espionner ce qu'elle faisait. J'attendais qu'un malheur lui arrive, mais en vain. Pendant ces trois années, elle est allée de succès en succès. Elle a maîtrisé la roue cet été-là et elle a été acceptée dans l'équipe de *cheerleading*. Elle a commencé à sortir avec Justin Ryan, le jeune frère du populaire Matt Ryan, le roi de la bulle de savon. Justin, tout comme son aîné, était la vedette de toutes les équipes sportives de l'école Lincoln et paraissait la quintessence du garçon propret. Lauren publiait toujours des photos où on les voyait entrelacés. Elle faisait également du théâtre et allait sûrement décrocher le rôle principal à sa dernière année ; c'était écrit dans le ciel. Elle était continuellement identifiée dans des photos de groupe, le sourire fendu jusqu'aux oreilles. Elle se trouvait toujours en plein milieu, montrant ses grandes dents de cheval sur lesquelles se reflétait le flash. Ses copines écrivaient régulièrement sur son babillard pour dire qu'elle était la « meilleure amie du monde ! ! » ou que le party qu'elle avait organisé était « dément ! ! ! » Son entourage faisait un usage exagéré du point d'exclamation. Lauren était au sommet de l'échelle sociale de l'école Lincoln.

Ce n'était pas comme si ma vie était pathétique. Les choses allaient plutôt bien pour moi. J'adorais New York. Je n'étais pas populaire à mon école, mais je n'étais pas rejetée non plus. Pour être honnête, j'étais le genre que personne ne remarque. Quand je suis arrivée, je ne voulais pas me faire d'amis. J'avais l'impression d'avoir les nerfs littéralement à fleur de peau et qu'il me serait impossible de supporter que quelqu'un me touche. Quand j'ai enfin voulu m'en faire, personne ne s'est précipité. J'avais déjà la réputation d'être une solitaire. Je portais souvent du noir, mais pas au point de faire partie de la bande des gothiques. Je ne faisais ni sport ni musique. J'aimais les arts, mais le dessin n'est pas tout à fait une activité de groupe. Je n'ai pas vraiment fait d'efforts pour changer les choses. Une fois qu'on nous a assigné un certain rôle, c'est difficile d'en sortir. Peut-être que c'était plus facile ainsi d'être moi-même. J'avais beaucoup de camarades, mais pas de vrais amis. Parfois, c'était pénible de n'avoir personne à qui parler, mais d'un autre côté, nul ne pouvait me trahir.

La seule photo de moi dans l'album scolaire de cette année-là est standard. Je n'étais inscrite dans aucun club, aucune équipe sportive, aucune activité parascolaire. Il n'y avait pas non plus de photo de moi entourée d'amis. En fait, ç'aurait été possible de penser que je n'existais pas.

Trois ans après m'avoir enfoncé un poignard dans le dos, Lauren était la reine de l'école Lincoln. Et le fait qu'elle ait menti et détruit ma vie pour devenir populaire semblait ne déranger personne d'autre que moi.

Parfois, le karma fait un boulot merdique pour rétablir l'équilibre.

5

J'étais étendue sur mon lit dans le but d'étudier la Révolution française pour mon cours d'histoire. Je dessinais en fait les dents géantes de Lauren sur la photo de Marie-Antoinette qu'on envoyait à la guillotine. Je me suis assise lorsque mon père a frappé à la porte. Il se tenait dans l'embrasure avec ma mère. En se grattant le bras, papa m'a dit:

— Ça va, mon petit chou?

La dernière lubie de mes parents était les vêtements de chanvre. Il paraît qu'il s'agit d'une fibre super renouvelable et formidable pour la planète, mais mon père était allergique au tissu. Malgré des crises d'urticaire incessantes, il continuait d'en porter. Pour sauver la planète, il faut être prêt à souffrir. Mon père a regardé ce que j'étais en train de lire et il a souri en disant:

— Ah! Liberté, égalité, fraternité.

Mon père a étudié l'histoire de France à l'université. Encore un de ses diplômes qui aurait pu être utile si nous avions vécu... en France, par exemple! Ma mère s'est avancée d'un pas pour rejoindre papa. Elle a glissé ses cheveux derrière ses oreilles, mais ils ont repris instantanément leur position tellement ils sont frisés. J'ai rompu le silence:

— Qu'est-ce qu'il y a?

— Nous avons de bonnes nouvelles, a dit mon père.

Il se frottait les mains sur ses pantalons et ma mère a fait un geste d'encouragement pour qu'il continue :

— L'école m'a accordé une bourse pour mes recherches.

— C'est fantastique, papa !

L'école alternative où enseignait mon père manquait toujours d'argent ; ce financement était donc tout un événement. De plus, l'école n'était pas orientée vers la recherche. C'était plutôt un endroit où l'on prônait la liberté et la minimisation des contraintes. Mon père a regardé ma mère pour qu'elle poursuive à sa place. Elle a expliqué :

— Ton père aurait la chance d'étudier le rôle de la méditation dans la guérison. Il aurait peut-être suffisamment de temps pour écrire le livre dont il rêve depuis si longtemps.

— Oookay ?

J'ai laissé traîner les lettres pour qu'elles sonnent un peu comme une question. Mon père parle d'écrire un livre sur les soins de santé alternatifs depuis toujours. Il aurait dû être aux anges, mais il avait l'air d'un homme qui doit apprendre à sa famille qu'il part à la guerre ou dans un pays excessivement dangereux. Ma mère a repris :

— Nous devrons vivre au centre Shahalba. Nous aurions la chance d'apprendre des techniques de méditation avec les meilleurs maîtres au monde.

J'ai soudain eu une vision de toute l'affaire. Mes parents voulaient que nous partions vivre dans un camp hippie et granola où les gens prient leur muse personnelle, psalmodient à tout bout de champ et suivent une diète végétalienne stricte. Formidable. Pourquoi mes parents ne pourraient-ils pas être heureux en banlieue comme tout le monde ?

— À quoi ressemble l'école ? ai-je demandé.

Mon père a semblé décontenancé :

— Il n'y a pas d'école.

— Comment vais-je finir mon secondaire, alors ?

Mes parents sont très intelligents, mais la vie concrète au quotidien leur échappe un peu. Peut-être avaient-ils pensé qu'on m'accepterait à l'université en examinant mon niveau de sagesse zen et que je n'aurais pas besoin de mon diplôme du secondaire.

Ma mère s'est assise près de moi et m'a expliqué en me flattant le genou :

— Le centre Shahalba se trouve au cœur de la forêt du Maine. Il n'est pas relié au réseau électrique.

Ma mère semblait fascinée par l'autosuffisance du lieu, mais j'entrevoyais déjà les problèmes si j'apportais un séchoir à cheveux. Ma mère a toujours été partisane d'un look naturel, mais personnellement, je ne vais nulle part sans mon fer plat. Elle a enchaîné :

— Le centre possède une petite ferme et cultive presque toute sa nourriture. L'école la plus proche est à près de quatre-vingts kilomètres.

— Nous allons trouver un appartement entre les deux, alors ?

Mon père et ma mère se sont regardés, et mon estomac est tombé en chute libre. J'avais compris ce qu'ils complotaient. J'ai explosé :

— Pas question !

— Nous en avons parlé à ta grand-mère et elle adorerait que tu habites chez elle pendant l'année, a déclaré maman.

Elle venait de m'annoncer cela comme s'il était tout à fait raisonnable pour moi de considérer un retour à Terrace.

— Vous rappelez-vous ce qu'ils m'ont fait là-bas ? Croyez-vous honnêtement que je vais retourner à l'école dans cette ville ? Pourquoi ne me demandez-vous pas d'aller vivre chez Lauren tant qu'à y être ? ai-je lancé.

— Toute cette énergie négative n'est pas bonne pour toi, m'a avertie maman.

— Ce n'est pas de l'énergie négative aléatoire, maman. Je la hais. Je hais la ville de Terrace. Je ne veux pas retourner vivre là-bas.

— C'est peut-être pour cette raison que l'univers t'offre cette occasion. C'est une chance de guérir, de boucler la boucle.

Ma mère a fait un grand mouvement circulaire avec ses mains, faisant miroiter ses bagues d'argent dans la lumière.

— Il ne s'agit pas de l'univers, il s'agit de toi et de papa qui avez décidé d'aller chanter des mantras pendant un an, ai-je précisé.

— Nous ne ferons pas que chanter des mantras.

Mon père a répliqué ça comme s'il s'agissait du nœud du problème. En interceptant mon regard et celui de ma mère, il s'est tu et a recommencé à se gratter. Ma mère a insisté :

— Ta grand-mère est très contente.

— Avez-vous songé une seconde à ce que *moi*, je veux ?

Je n'allais pas les laisser me traiter comme une fillette de cinq ans qu'on peut facilement distraire. « Oui, nous gâchons ta vie... Mais vois ici, il y a une belle grand-maman ! » Oh non, je n'allais pas me faire avoir.

— C'est une occasion extraordinaire pour ton père et pour moi. Nous avons toujours voulu vivre dans un centre comme celui-là. Aujourd'hui, l'école nous offre l'argent pour réaliser notre rêve. Tu ne dois pas avoir peur de Lauren, a déclaré ma mère.

— Je n'ai pas *peur* de Lauren.

Elle me répugnait, mais elle ne me faisait pas peur. Qu'est-ce qu'elle aurait pu me faire de plus ? Mon père a repris la parole :

— Tu devrais retourner là-bas la tête haute. En fait, je crois que personne là-bas ne te reconnaîtrait.

— Belle façon de dire que j'étais grosse.

J'ai posé ma tête contre le mur. J'étais prise au piège.

— Je ne voulais pas dire que tu étais grosse. Je pensais plutôt à ton ancien nez, a dit mon père.

— Fantastique. J'étais grosse et j'avais un gros nez. Cette conversation est sur le point de faire exploser mon égo.

— Ce que ton père veut dire, c'est que tu es devenue une très jolie jeune femme. Le seul pouvoir que Lauren a sur toi est celui que tu lui donnes. En la haïssant, tu alimentes l'énergie négative. Je te demande de réfléchir à la situation. Grand-maman t'appellera demain matin pour en parler, mais si tu veux un conseil, tu devrais en profiter pour leur prouver que tu as réussi brillamment à te relever après ce qu'ils t'ont fait, a argumenté ma mère.

— Et si je réfléchis et que je décide que je ne veux toujours pas y aller? Qu'est-ce qui arrivera si je choisis l'option où je garde la tête haute et où je continue à alimenter mon énergie négative?

Ma mère a poussé un long soupir, sûrement convaincue qu'un échange a eu lieu lors de ma naissance et que, quelque part dans le monde, vit sa vraie fille, celle qui adore les fibres naturelles, ne se rase pas les jambes et n'est pas capricieuse quand il s'agit de canaliser son énergie positive. Elle a conclu:

— Nous t'aimons. Tu es ce qui compte le plus dans nos vies. Si c'est quelque chose que tu ne peux absolument pas faire, alors nous refuserons la bourse. Mais avant, je veux que tu y réfléchisses, d'accord?

Mon père m'a flatté le dos quelques secondes avant de sortir de ma chambre. Ma mère a pris une grande inspiration pour retrouver son calme avant de le suivre.

J'ai entendu la porte se fermer tout doucement. Génial, un billet aller simple vers la culpabilité. Soit que je gâchais le rêve de mes parents, soit que je déménageais dans la cour arrière de l'enfer.

J'ai jeté un coup d'œil au grand miroir sur la porte de ma chambre. Tout autour, j'avais collé des photos : des publicités du *Vogue*, des reproductions d'affiches originales de vieux films et quelques dessins de mon cru. Dans le coin supérieur droit, à moitié cachée par des images, il y avait une photo de Lauren que j'avais imprimée à partir de sa page Facebook. Je me suis levée pour examiner la photo de plus près. Lauren n'avait pas beaucoup changé, si on faisait abstraction de la moustache noire que j'avais dessinée au marqueur. Elle avait le même grand sourire et le même nez proéminent. À mon humble avis, son visage était plutôt chevalin. Ses cheveux étaient plus longs que lorsque j'avais quitté Terrace, mais si je la voyais, je la reconnaîtrais aussitôt.

Je me suis regardée dans le miroir. Ça ne faisait que trois ans, mais j'avais beaucoup changé. J'avais perdu treize kilos l'été où nous avions déménagé. Le bon côté de cette fin du monde en accéléré avait été le stress qui avait fait fondre mes kilos. À New York, je marchais beaucoup et je suivais des cours de yoga. Même si je n'avais pas maigri davantage, mon corps s'était remodelé. Je ne portais plus d'appareil orthodontique et j'avais arrêté de me ronger les ongles depuis un an ou deux.

Mon ancien nez, comme l'appelait mon père, était un peu crochu. J'étais à New York depuis un an quand je suis tombée dans un escalier et que j'ai atterri sur mon visage. J'étais plus ou moins consciente à mon arrivée à l'hôpital, mais j'ai eu la présence d'esprit de supplier le médecin

pour qu'il me refasse un plus beau nez avant d'être anes-
thésiée. J'ai peut-être grandi dans une maison cent pour
cent naturelle, mais j'avais découvert par moi-même que
la chimie pouvait grandement améliorer la vie – du moins,
l'aspect des cheveux. Mes anciens cheveux frisottés et
courts avaient fait place à une chevelure mi-longue, lissée
et éclaircie par des mèches. Au fil des ans, j'avais acheté
toutes sortes de vêtements vintage et j'avais trouvé un
style à moi. De plus, mes seins avaient enfin daigné apparaître. Je n'irais pas jusqu'à dire que j'étais éblouissante,
mais j'étais certainement ravissante.

Je me suis redressée. C'était tout à fait possible que
mes anciens camarades de classe ne me reconnaissent
pas, surtout qu'ils ne s'attendaient pas à me revoir. Loin
des yeux, loin de l'esprit.

6

On peut difficilement accoler l'adjectif « normal » à ma famille. S'il fallait choisir une photo pour illustrer la « famille typique » dans une encyclopédie, ce ne serait sûrement pas la nôtre. Mes parents ne se soucient pas des mêmes trucs que les parents normaux, comme l'heure à laquelle je rentre ou mes notes à l'école. Ils redoutent que j'achète des vêtements fabriqués par des enfants exploités et croient que mon amour de la viande est un défaut congénital. Quand j'ai eu mes premières règles, ma mère a organisé une fête pour célébrer l'événement. Elle et ses amies hippies et poilues sous les bras, légèrement enivrées après avoir bu du vin rouge maison, ont entonné des chansons sur le cycle de la lune. En troisième année, au lieu d'apporter des biscuits à l'école le jour de mon anniversaire, j'avais apporté des petits gâteaux aux courgettes et à la sauce aux pommes sans sucre raffiné. Même mon enseignante, avec toute sa bonne volonté, n'a pas réussi à en avaler un.

Ma grand-mère non plus ne sort pas du moule habituel. Elle ne tricote pas et ne porte pas de souliers confortables. Elle met du vernis rouge vif sur ses ongles d'orteils et porte des talons hauts. Ses cheveux très courts sont coiffés en pics. Elle boit son scotch sec. Au lieu d'avoir l'air d'arriver du bingo, elle semble sortie tout droit du plateau de MTV. Même si elle le voulait, elle ne pourrait pas être plus à l'opposé de ma mère. On ne pourrait jamais deviner qu'elles sont parentes s'il n'y avait pas les photos de famille pour le prouver. C'est ma grand-mère qui m'a fait percer les oreilles et qui a convaincu mes parents qu'un hot-dog ou deux à l'occasion ne me tuerait pas.

J'étais assise sur le comptoir de la cuisine, le lendemain après-midi, et je lui parlais au téléphone. Mes parents étaient allés dans leur chambre pour respecter mon intimité, mais j'étais convaincue qu'ils avaient l'oreille collée au mur pour tenter d'entendre la conversation. Ma grand-mère me disait :

— Alors, tes parents s'en vont fixer leur nombril, ma belle ? Je n'ai jamais compris leur truc « d'apprendre à respirer ». Moi, je le fais tout naturellement, réglée comme une horloge. Quand on songe au nombre d'imbéciles sur terre, on penserait qu'il y en aurait plusieurs qui tomberaient raides morts s'il fallait apprendre à respirer.

— Oui.

— Allez, je sais que la ville de Terrace est loin d'être aussi excitante que New York, mais j'ai le câble et tu auras le droit de commander de la pizza au pepperoni. Tu pourras même manger du vrai fromage au lieu de cette saleté de soya que ta mère achète.

— Le problème n'est pas là, c'est l'école.

— Est-ce que c'est à cause de cette morveuse de Lauren ?

Ce que j'aime de ma grand-mère, c'est qu'elle se fout de l'énergie négative. Elle dit toujours ce qu'elle pense :

— Je ne l'ai jamais aimée. C'est une enfant arrogante depuis qu'elle est toute petite. Sans parler de ses parents. Ils sont tellement occupés à monter dans l'échelle sociale que je me demande comment ça se fait qu'ils ne souffrent pas de saignement de nez et je m'étonne encore qu'une équipe de sherpas ne les suivent pas en permanence.

— Mes parents disent que l'univers me donne l'occasion de boucler la boucle, que c'est une chance qui m'est accordée.

— Ils n'ont peut-être pas tort.

— Quoi?

Je suis restée bouche bée. Ma grand-mère deviendrait-elle hippie? Ma mère l'aurait-elle eue à l'usure, à force de lui casser les oreilles avec le chi depuis des années? Elle m'a expliqué son raisonnement:

— Écoute, si tu veux mon avis, cette fille ne mérite pas une seule pensée, mais c'est évident qu'elle t'est restée en travers de la gorge. Si elle te perturbe autant, tu devrais régler ça au lieu de mariner dans ton jus. Tu iras bientôt à l'université et ce sera plus agréable si tu te sens plus légère.

— Tu veux dire me la sortir de la tête, c'est ça?

— Exactement. Peut-être que l'univers veut que tu reviennes lui donner une bonne leçon. Et Dieu sait qu'elle en aurait besoin. Tu sais que j'adore ton père et ta mère, mais selon moi, le karma a parfois besoin d'un coup de main.

Je n'ai rien ajouté. Je pensais à ce que grand-maman avait dit. C'était la première fois que je prenais conscience qu'au lieu de penser à me venger, au lieu d'en rêver, je pourrais concrètement le faire. Lauren ne verrait rien venir. Elle ne s'attendrait jamais à ça.

J'ai salué grand-maman et je suis allée dans ma chambre. J'ai pris la photo de Lauren sur le mur pour l'examiner. La vengeance pouvait être autre chose qu'une chimère. Elle pouvait se matérialiser. Tout ce qu'il fallait, c'était un plan.

Je pouvais lui faire payer ce qu'elle m'avait fait. Mes parents avaient probablement raison. C'était peut-être le bon moment pour revenir. J'ai chiffonné la photo de Lauren et je l'ai jetée dans ma poubelle. Je prenais un nouveau départ. Je suis allée apprendre la nouvelle à mes parents. Enfin, une partie de la nouvelle. J'ai gardé pour moi l'idée de la revanche.

7

J'ai planifié mon retour à Terrace avec le même souci du détail que celui des nations qui partent en guerre. Mes parents, qui adorent littéralement tous les livres d'épanouissement personnel, sont des mordus de la formulation d'objectifs et de la visualisation de l'avenir idéal. Comment l'univers pourrait-il nous offrir ce que nous désirons si nous ne précisons pas nos souhaits ? Je ne me souviens pas si c'est dans *Le Secret* ou dans *Le Pouvoir illimité* que ma mère a lu ce truc, mais elle écrit toujours ce qu'elle désire. Ces messages sont censés aider l'univers à nous apporter ce que nous voulons. L'univers semble avoir des problèmes de mémoire à court terme. Il préfère que nous lui écrivions nos désirs. Ma mère dit toujours : « La différence entre ceux qui font des souhaits et ceux qui formulent des objectifs, c'est que les derniers ont un plan. » Une petite voix en moi murmurait que c'étaient des balivernes, mais pourquoi prendre le risque ? J'ai réfléchi à toutes les facettes de mon plan. J'ai conçu des listes et des diagrammes. Dans une reliure à anneaux, j'ai réuni toutes mes notes et je les ai classées avec des onglets de couleur. Sur la première page, j'ai écrit ma mission en grosses lettres majuscules afin que l'univers puisse facilement la lire même s'il a une très mauvaise vue.

REVANCHE CONTRE LAUREN WOOD

Une vengeance est une opération délicate. Je souhaitais que Lauren paye, mais d'une façon précise. Par exemple, ce serait satisfaisant momentanément de poser l'un des gestes suivants :

1. Pousser Lauren devant un camion-benne filant à toute allure.
2. L'enduire de sauce barbecue et lâcher une meute de pitbulls affamés sur elle.
3. Verser du miel dans ses cheveux et l'attacher à une fourmilière.
4. La vêtir d'un maillot de bain fait de harengs et la plonger dans des eaux infestées de requins.

Cependant, ce type de vengeance ne dure pas assez longtemps. Je l'admets, ce n'est pas très gentil, mais je voulais que les souffrances de Lauren se prolongent. Je voulais qu'elle sache comment on se sent quand quelqu'un nous dépossède de tout. De plus, il fallait prendre en considération qu'il était difficile de fabriquer un maillot de bain avec de minuscules poissons nauséabonds et que, d'après ce que je sais, on peut écoper d'une lourde sentence de prison si on pousse quelqu'un dans des eaux infestées de requins ou devant un camion-benne filant à toute allure. Je voulais que Lauren paye sa trahison, mais je n'avais pas l'intention de passer les quarante prochaines années de ma vie vêtue de l'uniforme orange des prisonnières. Cette couleur ne me va pas bien du tout. Non, mon plan de vengeance devait être plus créatif. Surtout que j'ignorais totalement où me procurer une meute de pitbulls.

J'ai dressé une liste des choses importantes aux yeux de Lauren :

1. Sa popularité.
2. Son petit ami.
3. L'obtention du rôle principal dans la pièce de théâtre.
4. Sa position de *cheerleader*.

Une fois cette liste terminée, le cadre du plan était déjà en place. Je devais devenir plus populaire qu'elle, lui ravir son amoureux, m'assurer qu'elle n'obtienne pas le premier rôle et la faire expulser de l'équipe de *cheerleading*.

Il ne me restait plus qu'à trouver le moyen d'y arriver.

La popularité était l'élément le plus simple à considérer. Les écoles secondaires ont une structure sociale plus stricte que le système de castes hindou. En dernière année, chaque élève sait exactement où il se situe par rapport aux autres. On peut tenter de modifier ce statut – en changeant toute sa garde-robe ou en s'intégrant à une nouvelle équipe sportive –, mais ça ne prend que quelques jours avant que l'on revienne à la place que les autres considèrent comme la nôtre. Quelques personnes réussissent l'exploit de changer leur statut, mais c'est extrêmement rare.

J'aurais l'avantage d'être nouvelle. Personne ne saurait exactement où je me situais et tous tenteraient de le découvrir à partir du moment où je mettrais le pied à l'école. Il fallait que je truque les cartes. Je ne pouvais pas *devenir* populaire à l'école Lincoln. Je devais *être* populaire dès mon arrivée. J'ai passé des heures à réfléchir à ce qui faisait qu'une personne était plus populaire qu'une autre. J'ai dressé une autre liste que j'ai collée sur le miroir de ma chambre afin de pouvoir l'étudier. C'était une petite merveille.

L'échelle de la popularité

La séduction : Accorde-toi jusqu'à dix points selon ton niveau d'attrait, soit zéro si tu es vraiment laide et dix points si tu es aussi sexy qu'un mannequin professionnel. Deux points en bonus si tu es mince et en forme plutôt que maigre. Deux points supplémentaires si tes cheveux semblent sortir d'une publicité de shampooing. Deux points de moins s'ils sont asphyxiés par le fixatif. Trois points en bonus pour les gros seins. Cinq points de moins si tes attributs font croire que tu fais le trottoir. Plus un point si tu te maquilles bien. Enlève-toi deux points si tu es désavantagée par de l'acné, par des dents croches ou par une mauvaise haleine.

La forme physique : Accorde-toi cinq points pour tes aptitudes physiques générales si tu peux courir sans tomber et attraper un ballon sans le recevoir dans la figure. Cinq points en bonus si tu fais partie d'une équipe sportive populaire de l'école, comme celle de football, de *cheerleading*, de basketball ou de soccer. Deux points de moins si tu fais partie d'une équipe nulle comme celle de tir à l'arc ou d'escrime. Deux points en bonus si tu es capitaine de l'équipe. Enlève-toi deux points si tu ne joues jamais et que tu passes ton temps sur le banc.

La richesse : Accorde-toi dix points si tu es riche à craquer, cinq points si tu as un peu de richesse, zéro point si tu fais partie de la classe moyenne et enlève-toi cinq points si tu es pauvre. Un point en bonus pour chaque vêtement griffé que tu possèdes et pour chaque accessoire, comme les sacs à main, qui coûte plus cher qu'une petite voiture d'occasion. Cinq points de moins si tu achètes tes vêtements chez Wal-Mart. Accorde-toi deux points en bonus si tu fréquentes les boutiques vintage. Enlève-toi deux points si tu achètes tes sous-vêtements dans une friperie. Certains articles ne devraient jamais être usagés.

Le magnétisme : Accorde-toi dix points pour des facteurs exotiques comme être originaire d'un endroit génial (une grande ville, partout en Europe ou Hollywood), connaître des célébrités, posséder une chouette voiture, faire partie d'un groupe de musique (mais pas d'une fanfare ; le port d'un uniforme qui ressemble à celui des portiers d'hôtels est à proscrire !) ou posséder des talents artistiques.

Je retournerai à l'école Lincoln, oui, mais pas sous le nom d'Helen Worthington. Je me transformerai en Claire Dantes, la jeune fille destinée à la popularité.

Je m'appelle Helen en l'honneur de la grand-tante de ma mère. Avez-vous remarqué qu'on ne rencontre pas souvent d'Helen de nos jours ? C'est parce que c'est un prénom de vieille dame. Heureusement, mon second prénom est Claire. Le nom de jeune fille de ma mère est Dantes et comme j'allais vivre chez grand-maman, ça semblait logique de l'adopter. Ma mère ne voulait pas que je m'inscrive à l'école sous un autre nom. Elle ne voyait pas la nécessité de me cacher comme si j'allais passer l'année dans le programme de protection des témoins. Mais je comprenais qu'elle était surtout triste que je ne souhaite pas utiliser le prénom qu'elle m'avait donné.

Finalement, elle a cédé. Soit ma grand-mère l'a convaincue, soit son sentiment de culpabilité parce qu'elle m'abandonnait a fait son œuvre. Peu importe la raison – ça m'était parfaitement égal –, Helen Worthington a cessé d'exister et Claire Dantes s'est inscrite à l'école Lincoln. La première étape de mon plan s'était déroulée sans anicroche.

8

C'est ma grand-mère qui m'a donné l'idée de ne pas arriver à l'école le premier jour de la rentrée. Elle m'a rappelé l'importance d'une entrée remarquée. La première journée, l'excitation est à son comble. Tous les élèves portent leurs plus beaux vêtements et poussent des cris quand ils aperçoivent leurs amis comme s'ils avaient été séparés par une guerre au lieu de l'été. Elle m'a dit que si j'arrivais la deuxième journée, on me remarquerait probablement davantage. Il a fallu que je fasse appel à toute ma volonté pour ne pas gambader jusqu'à l'école. Mes vêtements allaient faire baver. Mes cheveux étaient parfaits. Mon plan, infaillible.

J'avais la preuve, grâce aux regards d'appréciation qui m'accompagnaient dans le couloir, que j'étais destinée à devenir populaire avant la fin de la journée. J'étais exaltée, je faisais enfin quelque chose au lieu de seulement y penser. Je n'arrivais pas à croire que j'avais hésité à revenir à Terrace. Merci, l'univers. Je me suis rendue au bureau de la secrétaire. J'attendais qu'elle me donne la combinaison de mon cadenas en tapant du pied.

— Tiens, la voici.

La secrétaire avait employé le ton faussement joyeux qu'on réserve aux très petits enfants et aux aînés atteints de démence. J'ai pris la combinaison dans sa main, mais avant que j'aie pu faire demi-tour, elle a ajouté :

— Attends, ta partenaire n'est pas arrivée.

— Ma partenaire ?

— À Lincoln, nous jumelons tous les nouveaux à un partenaire. Elle t'aidera à trouver tes locaux, elle te présentera à d'autres élèves et elle s'assurera que tu te sentes bien ici, m'a-t-elle expliqué avec la même intonation chantante.

— Je crois que ça ira. Je n'ai pas besoin de partenaire. Mais, je vous remercie.

— Ah, la voilà. Brenda, voici Claire. Tu as de la chance, Claire. Brenda est l'une des plus brillantes élèves de l'école.

Brenda était peut-être une élève brillante, mais j'étais prête à parier qu'elle n'était pas populaire. Ses cheveux n'étaient pas dégradés et tombaient en angle, ce qui donnait à sa tête une allure de sapin de Noël brun et crépu. Elle n'était pas maquillée et ses lunettes lui faisaient des yeux exorbités. Elle semblait avoir emprunté ses vêtements à une vieille bibliothécaire mal fagotée et obsédée par le beige. J'ai eu l'intuition que son émission de télévision préférée était *NOVA* ou une autre émission scientifique du genre. Brenda était sûrement très gentille, mais elle allait sans contredit faire obstacle à mon projet « popularité ». Il fallait que je m'en débarrasse au plus vite. La secrétaire a interrompu le fil de mes pensées :

— Et voilà !

Elle venait d'épingler sur mon chandail un porte-nom orné de lettres rouge vif : JE M'APPELLE CLAIRE ET C'EST MA PREMIÈRE JOURNÉE ICI ! Brenda portait fièrement le sien où l'on pouvait lire : PARTENAIRE DE LINCOLN. SALUEZ MA NOUVELLE AMIE CLAIRE !

J'ai fixé le porte-nom sur ma poitrine comme si un insecte particulièrement dégoûtant venait d'y atterrir.

— Passez une très belle journée, les amies, a gazouillé la secrétaire.

J'ai suivi Brenda qui ne semblait pas être troublée par ce porte-nom géant qu'elle arborait. Elle pensait peut-être que c'était joli puisqu'à l'évidence, la mode était du chinois pour elle. Elle a seulement dit :

— Ton casier est par là.

Elle marchait dans le couloir comme si nous affrontions une tempête, tête baissée, épaules remontées, le torse légèrement bombé. Elle fendait la foule, transfigurée par sa mission. Pendant qu'elle marchait, ses mains étaient agitées de mouvements convulsifs pour m'indiquer des lieux et accentuer les conseils qu'elle me donnait :

— Le gymnase est dans cette direction. Il y a des fontaines et des salles de bains dans toutes les ailes du bâtiment. Les cellulaires sont interdits en classe, si tu en as un, tu devras le laisser dans ton casier. Le seul cours que nous avons ensemble est celui de biologie. Aimes-tu les sciences ?

— J'imagine.

J'ai murmuré la réponse en essayant de ne pas avoir l'air d'être avec elle. Brenda s'est arrêtée brusquement et j'ai failli entrer en collision avec son dos. Elle a lancé :

— C'est ma matière préférée !

Elle a fait cette affirmation avec beaucoup de conviction, comme si j'allais contester son choix. Peut-être s'attendait-elle à un débat entre les mérites des sciences et ceux des cours de littérature. Elle a poursuivi :

— Quelle est la tienne ?

— Je ne sais pas. Les arts, je crois.

Les sourcils de Brenda se sont touchés. Je devrais mentionner qu'ils n'avaient pas une trop longue distance à parcourir pour se rejoindre. J'ai senti que pour elle, les arts n'étaient pas une matière scolaire respectable. Comme je n'ai rien ajouté, elle s'est remise à marcher.

Brenda s'est arrêtée devant mon casier et s'est postée juste à côté telle une agente des services secrets, prête à prendre une balle pour me protéger. Une très gentille fille, mais qui devait disparaître. J'ai tenté une explication :

— Tu sais, j'ai beaucoup apprécié ton aide pour trouver mon casier, mais je n'ai pas besoin d'une partenaire.

— Le code des partenaires stipule que je dois rester avec toi pendant la première semaine. Nous te faisons faire une visite, nous nous assurons que tu trouves les locaux de cours, nous te présentons les professeurs et aussi nos amis, en plus de manger avec toi le midi.

Elle a énuméré chaque tâche sur ses doigts. J'ai répliqué :

— Il existe un code ?

— Je ne veux pas avoir d'ennuis.

— Tu n'es pas du genre à enfreindre les règles, n'est-ce pas ?

— Non, pas vraiment.

— Je suis persuadée que je vais mieux m'en tirer toute seule.

Les yeux de Brenda sont devenus grands comme des soucoupes. J'ai eu soudain l'impression que l'appel lui annonçant mon arrivée en ville et cette possibilité de devenir ma partenaire, représentait l'événement le plus excitant de sa vie depuis des mois. Je lui ai dit :

— Ce n'est pas toi qui es en cause, c'est moi, vraiment. Je suis très indépendante. Je ne suis pas le genre de fille qui a une partenaire.

Elle ne se doutait pas à quel point j'avais effectivement du mal à me faire des amis. Brenda a renchéri :

— Ce n'est pas seulement le code, le problème. J'espérais pouvoir inscrire cette activité à mon dossier scolaire pour montrer que j'effectue du travail communautaire. Comme il n'y a pas souvent de nouveaux, si je ne t'aide pas, je ne pourrai pas le mentionner sur mes demandes d'université.

Génial. Maintenant, j'étais un obstacle entre Brenda et ses rêves universitaires. Pourquoi n'allait-elle pas nourrir les sans-abri ou quelque chose du genre ? Il doit bien exister un refuge pour chatons malades où elle pourrait faire du bénévolat.

— Bon, ça va. Tu peux me guider dans l'école, mais nous n'allons pas respecter le code à la lettre. Par exemple, oublions ces porte-noms.

— Tu ne les aimes pas ? a demandé Brenda en pointant le sien.

— Non, je déteste ça. Je n'aime pas qu'on étiquette les gens. N'est-ce pas l'objectif du programme de partenaires de faire en sorte que je me sente à l'aise ?

Brenda a acquiescé de la tête et j'ai poursuivi :

— Eh bien, les porte-noms me rendent mal à l'aise.

— J'imagine qu'on peut les enlever.

J'ai arraché le mien et je l'ai jeté dans le fond de mon casier. Brenda examinait anxieusement les alentours. On aurait dit qu'elle s'attendait à ce qu'un commando d'intervention vienne m'arrêter pour violation de porte-nom. J'ai montré le sien du doigt. Elle l'a enlevé lentement en poussant un soupir. La première cloche du matin a sonné et j'ai annoncé :

— Bon, il faut que j'y aille, j'ai un cours d'espagnol.

J'ai déposé quelques trucs dans mon casier, je l'ai fermé et je me suis mise à marcher :

— À plus tard !

— Attends un peu, a dit Brenda. Comment sais-tu où tu dois aller ?

Je me suis figée sur place. J'étais censée être dans ce bâtiment pour la première fois de ma vie. Mon plan de vengeance allait tomber à l'eau si je n'étais même pas capable de berner Brenda, ma gentille partenaire.

— J'ai tenté ma chance. J'avais l'impression que les cours d'espagnol devaient se trouver quelque part par là.

J'ai indiqué vaguement l'extrémité du couloir. Brenda, qui n'avait pas l'air tout à fait convaincue, a répondu :

— Tu as deviné juste. Veux-tu que j'y aille avec toi ?

— Non, ça ira.

— Alors, on se voit plus tard ?

— Bien sûr, partenaire !

J'ai esquissé un sourire que j'espérais amical et je suis partie. J'ai jeté un coup d'œil derrière moi et j'ai vu qu'elle me fixait toujours. Quelle sorte de personne se propose comme volontaire pour guider les nouveaux élèves ? Avec de la chance, elle allait se contenter de me faire faire une petite visite avant de retrouver ses amis, parmi lesquels se trouvait sans aucun doute le président du club d'échecs.

Je me suis glissée dans la classe en la balayant du regard. Tout au fond, se trouvaient Bailey et Kyla. Je les avais déjà vues sur la page Facebook de Lauren ; c'étaient ses deux meilleures amies. Elles portaient toutes les deux la jupe bleu et blanc des *cheerleaders* et cela m'a aidée à les reconnaître. Les uniformes de meneuses de claques ont la même utilité que les couleurs des gangs de rue : on sait tout de suite qui en fait partie et qui n'en fait pas partie. Sans dire un mot, je me suis assise à un bureau et j'ai regardé droit devant moi. J'avais répété cette expression cool et distante devant mon miroir jusqu'à la perfection. Je portais un T-shirt de dentelle vintage sous un court veston noir avec des pantalons noirs ajustés. Une cravate mince en tissu écossais me servait de ceinture. J'avais fait de mon mieux pour modifier ma garde-robe afin qu'elle soit à la frontière entre le populaire et l'anticonformisme. J'ai vérifié mon veston pour m'assurer que le porte-nom n'avait pas laissé de trace.

— *Hola*, tout le monde.

Madame Charles a frappé sur son bureau pour attirer notre attention. Elle m'a fixée en souriant :

— Une nouvelle élève se joint aujourd'hui à la grande famille de Lincoln...

Elle a fait une pause et a survolé sa feuille de présence.

— Claire Dantes, je lis ici que tu arrives de New York. Ce doit être tout un changement pour toi.

J'ai entendu les élèves se redresser, comme je l'avais prévu. Venir de New York, c'est beaucoup plus fascinant que d'arriver du Wisconsin ou du Dakota du Nord. Je vous l'accorde, nous ne vivions pas en ville, mais nous n'étions pas très loin. Je n'avais aucune intention de mentionner que nous vivions en banlieue. J'ai souri à madame Charles.

— C'est un cours avancé d'espagnol. Nous te ferons passer un test plus tard pour voir ce que tu as appris à ton ancienne école, mais je suis certaine que les élèves pourront t'aider si tu en as besoin. J'ai répondu :

— *Gracias, señora Charles. Tengo un gran deseo de comenzar la clase y de conocer a todo el mundo.*

J'ai parcouru la classe du regard. La bouche de madame Charles était restée ouverte sous l'effet de la surprise. Elle a bafouillé :

— Tu parles très bien.

Elle fouillait dans ses notes comme si elle allait trouver des informations supplémentaires, du genre que je suis une descendante du roi d'Espagne ou que j'ai déjà eu un rôle dans un James Bond. Je lui ai gentiment fourni une explication :

— Nous passons nos étés sur la Costa Brava, en Espagne.

Techniquement, ce n'était pas la vérité, mais nous y étions allés deux semaines un été. Mon père, qui avait étudié en langues romanes, maîtrisait bien l'espagnol et nous parlions ensemble à l'occasion. J'étais prête à parier que mon espagnol était meilleur que le sien. De plus, passer l'été sur la Costa Brava valait plusieurs points sur mon échelle de popularité, en plus du bonus pour la capacité de parler couramment une langue étrangère.

En s'avançant sur le bout de sa chaise, Bailey m'a demandé :

— Es-tu allée ailleurs en Europe ?

— Nous passions toujours quelques jours à Paris à l'aller et au retour, mais pas plus. Paris, c'est étouffant l'été ; nous préférions passer le plus de temps possible au bord de la Méditerranée.

J'ai souri à Bailey et à Kyla, puis je me suis retournée pour qu'elles ne me voient pas me frotter les mains avec une joie perverse.

À la fin du cours, j'ai pris mon temps pour rassembler mes livres. Comme je l'avais imaginé, Bailey et Kyla m'attendaient près de la porte. J'ai mis mon sac à main en évidence pour m'assurer qu'elles ne puissent pas le manquer.

— Est-ce un sac Fendi ?

Kyla m'a posé cette question en fixant l'objet comme si c'était un filet mignon et qu'elle n'avait pas mangé depuis plusieurs jours. J'ai manipulé le sac comme si je le remarquais pour la première fois.

— Celui-ci ? Ah oui, je l'ai acheté à New York.

J'ai omis de mentionner que c'était une très bonne imitation achetée à un vendeur dans la rue. Laissons-la s'imaginer que j'ai quelques milliers de dollars à consacrer à un sac à main griffé.

— Il est magnifique, a roucoulé Bailey, en passant doucement son doigt sur le côté du sac comme s'il s'agissait de la joue d'un bébé.

— Merci.

Kyla a enchaîné :

— J'aime beaucoup tes vêtements.

— Marché aux puces de Londres.

— Tu vas détester les magasins ici. C'est un véritable désert de la mode.

Le ton de Bailey était imprégné de tristesse. J'en ai remis, avec désinvolture :

— C'est seulement pour un an. Je repars dès que j'ai mon diplôme.

— À New York ?

— Probablement. Ou alors, je prendrai une année de congé pour visiter l'Europe en sac à dos.

Bailey et Kyla se sont regardées. J'avais le sentiment qu'elles avaient prévu être colocataires à l'université d'État du Michigan, demoiselles d'honneur à leur mariage respectif et voisines une fois leur maison achetée. Même si c'est ce qu'elles désiraient profondément, elles *voulaient* désirer autre chose. Bailey m'a demandé :

— Vas-tu au premier ou au second dîner ?

— Au premier.

— Fantastique. On s'assoit généralement près des fenêtres. Viens nous retrouver et on te présentera à nos amis.

J'ai senti un sourire poindre sur mon visage. C'était encore plus facile que je l'avais espéré.

— Pourquoi pas ? Ce serait génial.

9

J'ai senti la nausée monter dès que j'ai mis les pieds à la cafétéria, et ce n'était pas seulement une question d'odeur. J'allais revoir Lauren pour la première fois. Même si j'étais assez certaine que mon ex-meilleure amie ne me reconnaîtrait pas, un doute subsistait. Nous avions vécu tant de choses au fil des ans. Nous avions dormi ensemble chez l'une ou l'autre des milliers de fois. Sa famille m'emmenait en vacances l'été. Nous partagions tous nos secrets. J'avais l'impression qu'elle me reconnaîtrait même si je ne me ressemblais plus du tout, mais du même souffle, je comptais sur le fait qu'elle n'allait pas me démasquer.

À la cafétéria de l'école Lincoln, la popularité se déployait en un minisystème solaire. Les jeunes les plus populaires s'assoyaient près des fenêtres où ils profitaient de la lumière et de l'air frais. Même les tables et les chaises étaient plus belles dans cette section. Dans le cercle le plus proche d'eux, le deuxième, se trouvaient les suiveurs, ceux qui ne lançaient pas les modes, mais qui étaient les premiers à les suivre. Dans le troisième cercle, on retrouvait ceux qui n'étaient ni populaires ni impopulaires. Finalement, le centre était réservé aux intouchables : les techno-obsédés, les abrutis, les drogués et les nuls. Tous les élèves savaient où était leur place comme si les sièges étaient identifiés au nom de chacun.

Au centre de cet univers, où elle s'imaginait sûrement prédestinée pour tenir ce rôle, trônait Lauren. Elle était leur soleil : tout le monde se dorait dans sa lumière. Les élèves tournaient autour d'elle comme des satellites.

J'ai attrapé une salade (un repas de fille populaire) au comptoir de la cafétéria et j'ai essayé de trouver le courage de m'approcher de la table de Lauren. Kyla m'a vue et m'a fait signe de venir. J'ai remarqué que Lauren parlait toujours avec ses mains. Elles virevoltaient tellement qu'on aurait dit qu'elle dirigeait un orchestre ou guidait un avion pour son atterrissage. Je voyais le vernis de ses ongles rose néon. Je me suis approchée et je suis restée debout, à l'extrémité de leur table. En faisant de la place pour mon plateau, Kyla a lancé :

— Ah, te voilà ! Quelle bonne idée de ne pas prendre le repas chaud ! C'est dégueulasse.

Lauren me regardait. J'ai senti ma gorge se nouer. Elle a légèrement penché la tête de côté comme si elle m'inspectait. Se donnant un air de secrétaire officielle des présentations, Bailey a lancé :

— Lauren, voici Claire. Elle vient de New York !

— Salut.

Après ce premier contact, Lauren a replacé ses cheveux. J'ai fait de même. Le nez de Lauren était légèrement crispé. Soit qu'elle réfléchissait à quelque chose de profond, soit qu'elle se demandait pourquoi je lui semblais si familière. Je me suis obligée à respirer.

Kyla a rompu le silence :

— Assieds-toi. On parlait de monsieur Weltch, surnommé l'affreux, qui enseigne l'éducation physique et l'anatomie. Je suis convaincue qu'il se lève le matin dans le seul but de découper des êtres vivants en classe. Je gage que si des policiers faisaient une perquisition chez lui, ils trouveraient dans son sous-sol des centaines de cadavres de grenouilles torturées. Sa respiration devient plus haletante quand il parle de dissection.

Bailey a mis son grain de sel :

— L'anatomie, c'est dégoûtant.

— Oui, mais Tony Mathis est dans mon cours, donc ce n'est pas si ennuyant. C'est un très beau garçon, Claire, je te le montrerai plus tard, m'a proposé Kyla.

Finalement, Lauren m'a posé une question :

— As-tu un petit ami ?

— C'est ma première journée ici. Laisse-moi une semaine ou deux.

Pendant un court instant, plus personne n'a parlé, puis Lauren s'est mise à rire :

— Je voulais dire à New York.

— Je suis sortie avec des garçons qui allaient à l'université Columbia, mais aucune relation à long terme. Je n'aime pas me sentir attachée.

— Alors, ne sors pas avec Mike Weaver. Il paraît qu'il est du genre attaché.

Nous avons toutes ri de la remarque de Kyla qui a enchaîné :

— Si tu as des questions à propos des garçons d'ici, n'hésite pas.

— Il y a bien un garçon qui m'a fait des avances, mais je ne sais pas trop. Il m'a semblé un peu pain blanc.

— Pain blanc ?

— Belle apparence, mais sans substance.

— Qui était-ce ? a demandé Lauren.

J'ai regardé dans la cafétéria et j'ai repéré ma victime :

— Il est là-bas, près du distributeur de boissons gazeuses.

C'était évidemment Justin. Un silence inconfortable a enveloppé la table. J'ai écarquillé les yeux en tentant d'avoir un air innocent :

— Quoi ? A-t-il une réputation ou alors une maladie ?

— Euh... non. C'est-à-dire...

La voix de Bailey s'est éteinte. Lauren a alors dit la bouche pincée :

— C'est Justin. C'est mon petit ami.

— Oh, désolée.

J'ai joué dans ma salade pendant un instant avant d'ajouter :

— J'exagère probablement toute l'affaire. Il voulait sûrement se montrer gentil.

— Justin est super gentil.

Bailey avait pris la défense de la victime et Kyla hochait la tête de concert. J'ai croqué une tomate cerise. Pauvre Justin. Il n'y a rien comme la perte de confiance pour miner une relation. Mentalement, j'ai mis un crochet dans la colonne « vol de petit ami ».

— Enfin, te voilà.

À qui appartenait cette voix ? Kyla a plissé son nez comme si quelque chose puait. Je me suis retournée et j'ai vu Brenda avec son plateau qui débordait d'une double portion de ragoût de bœuf. Brenda s'est plainte :

— On devait manger ensemble. Je t'ai attendue à ton casier.

— Je suis désolée.

— On peut encore manger ensemble.

Brenda a poursuivi en regardant les autres filles :

— Je suis sa partenaire désignée.

— Wow ! Des amies désignées, a dit Lauren.

Brenda semblait incapable de déterminer si Lauren se moquait d'elle. Elle a quand même expliqué :

— C'est un des programmes de l'école.

— Alors, l'école Lincoln doit être fière. C'est grâce aux élèves comme toi que nous formons une belle famille unie.

— Merci.

Je voulais ramper sous la table à sa place. Pourquoi était-elle venue jusqu'ici ? Kyla a eu une sorte de ricanement retenu. Brenda m'a dit :

— J'imagine que tu ne veux pas qu'on mange ensemble, alors.

— Tu sais, j'ai presque fini. Ce ne serait pas logique.

Nous avons toutes les deux vu la salade à peine entamée, le verre plein et la pomme sur mon plateau. Brenda a bredouillé :

— Bon...

Elle a baissé la tête et elle est repartie. On aurait dit que son plateau pesait au moins mille kilos.

— À tout à l'heure.

Je n'avais pas parlé très fort et elle ne s'est pas retournée. Lauren s'est lancée :

— Bon sang, il y a vraiment un programme de partenaires ? Pas étonnant que Brenda Bauer se soit inscrite. C'est pratiquement sa seule chance de se faire des amis.

Lauren a pris une bouchée de sa galette de riz soufflé. J'avais supposé que Brenda avait une bande d'amis, j'ai donc demandé :

— Dis-tu qu'elle n'a pas d'amis ?

— Elle avait une amie aussi louche qu'elle, mais je ne me rappelle pas son nom. Elle a déménagé à la fin de l'année scolaire.

— Alors, elle est toujours seule ?

— Non, il y a les voix dans sa tête. Elle est vraiment bizarre, si tu veux mon avis.

Lauren s'est tue et Kyla a poursuivi :

— Avez-vous vu ses cheveux ? Comment peut-on avoir des cheveux si laids ? Elle doit les faire frire pour qu'ils soient aussi secs.

— Elle a été très gentille avec moi.

Je me suis mentalement donné un coup de pied sous la table après avoir dit ça. La défense de Brenda ne figurait pas dans mon plan.

— Oh, elle est sûrement très gentille, a dit Lauren.

Puis, elle a semblé oublier instantanément l'existence de Brenda et m'a demandé :

— Alors, Claire, vas-tu faire des activités parascolaires ?

— Je ne sais pas encore. À mon ancienne école, mes amis et moi n'étions pas de ce type de divertissement.

J'ai replacé mes cheveux en ayant l'air d'être au-dessus des activités parascolaires pour qu'elles pensent que je sortais dans les boîtes de nuit et que je profitais des sorties culturelles palpitantes qu'offrait la ville et qui n'existaient pas chez eux. Lauren m'a dit :

— Si ça t'intéresse, il y a une troupe de théâtre. Nous montons d'énormes comédies musicales. Nous avons des décors et des costumes professionnels. Cette année, nous jouerons *My Fair Lady*. Ce sera fantastique.

— Tu feras la plus belle Eliza, a dit Bailey.

Elle a aussi senti le besoin de m'expliquer :

— Lauren a eu un rôle important chaque année, même la première année alors qu'elle était la seule de son âge dans la pièce.

— Il n'y a rien de garanti, a rectifié Lauren. Je ne sais pas qui d'autre souhaite auditionner pour ce rôle.

En disant cela, elle m'a regardée en haussant ses sourcils. Je l'ai rassurée :

— Tu n'as pas à t'inquiéter pour moi. Je ne sais pas chanter. J'ai autant de talent que ceux que l'on voit dans les *bloopers* d'*American Idol*.

— Je chante mal aussi.

Bailey avait parlé d'une voix toute douce comme pour me montrer que mon manque de talent n'était pas une tare et que c'était préférable, en fait, pour éviter de faire obstacle à Lauren. J'ai demandé à cette dernière :

— Veux-tu devenir actrice professionnelle ?

— Je ne sais pas. C'est amusant, mais l'industrie ne fait pas de cadeau à ceux qui veulent faire carrière.

Lauren a esquissé un geste de dédain.

— Mais tu es tellement bonne ! Tu es bien meilleure que la plupart des acteurs à la télévision. Je t'imagine très bien sur le tapis rouge de la soirée des oscars, a dit Bailey.

Je me demandais si Bailey avait les lèvres gercées à force de lécher les bottes de Lauren.

— Voyons, Bailey, les vedettes de théâtre ne vont pas aux oscars, elles reçoivent des Tony Awards.

Bailey a rougi et Lauren a continué :

— De toute façon, je ne suis pas certaine de vouloir en faire une carrière. Je crois que je vais étudier dans ce domaine à l'université pour me donner plus de temps pour y penser. C'est important pour moi d'avoir plusieurs options. Je ne renoncerais pas aux études universitaires pour aller directement sur Broadway. Je ne voudrais pas que les gens croient que je suis devenue actrice parce que je n'ai pas été acceptée à l'université.

C'est ça. Il ne faut surtout pas poursuivre ton rêve. Qu'est-ce qui se passerait si les gens croyaient que c'est le mieux que tu peux faire ? J'écoutais distraitement Lauren qui parlait des avantages et des désavantages des divers programmes universitaires en art dramatique. Je cherchais Brenda dans la cafétéria. Elle n'avait pas pu manger tout ce ragoût aussi rapidement.

Je me suis levée de table. Lauren s'est tue. Elle semblait surprise. J'ai eu l'impression qu'elle avait l'habitude que les gens boivent ses paroles. Il était grand temps qu'elle s'adapte à la nouvelle réalité.

— Désolée, je dois y aller.

Les trois filles me dévisageaient pendant que je fouillais dans mon cerveau pour trouver une excuse valable.

— J'ai dit à mes amis de New York que je les appellerais. On avait l'habitude d'aller manger des sushis près de Times Square et pour la première fois, je ne les accompagnerai pas. Je leur ai dit que je leur raconterais comment ça se passe ici.

J'ai haussé les épaules avec un petit air nostalgique. Bailey a immédiatement compati :

— Ce doit être affreux d'avoir à tout recommencer la dernière année du secondaire.

— Je trouvais ça terrible, mais je dois avouer que je me sens beaucoup mieux depuis que j'ai fait votre connaissance. J'avais peur de ne pas rencontrer de personnes intéressantes.

Un sourire s'est lentement dessiné sur le visage de Lauren. Kyla et Bailey se sont redressées sur leur chaise. La flatterie est une arme puissante. On peut ajouter un détail sur les secrets de la popularité : les filles populaires manquent d'assurance. Elles paraissent sûres d'elles, mais c'est une façade. Un peu de léchage de bottes ne fait jamais de tort. Kyla m'a dit :

— Donne-moi ton numéro. On sort souvent. Si tu veux, on t'enverra un texto pour te dire où on ira la prochaine fois.

— Ce serait formidable.

J'ai gribouillé mon numéro de téléphone et je leur ai donné. Je sentais que les gens des tables autour écoutaient notre échange. Le système de castes de l'école Lincoln allait m'attribuer la place qui me revenait. Ma façon de m'habiller m'avantageait et le fait de venir de New York était un véritable bonus, mais plus que toute autre chose, je devais ma place au fait que les trois filles les plus populaires de l'école voulaient être mes amies. La cloche de l'après-midi n'avait pas encore sonné et l'objectif « popularité » était déjà atteint.

10

En poussant la porte des toilettes, j'ai entendu un reniflement humide puis plus rien. J'ai vérifié sous chaque porte. Il y avait quelqu'un dans le dernier cabinet. Des souliers bruns lacés, qui semblaient appartenir à un orphelin d'un pays en voie de développement, étaient visibles... J'avais misé juste.

J'ai entendu le bruit étouffé d'un sanglot réprimé. Il n'y a rien de digne à pleurer à chaudes larmes dans des toilettes publiques. Mon estomac s'est noué au souvenir des deux dernières semaines d'école avant mon départ de Terrace. J'ai tapé sur la porte avec un ongle en demandant doucement :

— Brenda ?

Elle n'a pas répondu, mais j'ai entendu un autre reniflement.

— Brenda, je sais que c'est toi. J'ai reconnu tes chaussures. Est-ce que ça va ?

— Hum, hum.

J'ai haussé les sourcils tellement Brenda était une mauvaise menteuse.

— Ça ne va sûrement pas, tu pleures.

— Laisse-moi tranquille.

— Écoute, je suis désolée pour le dîner. J'aurais dû t'attendre à mon casier.

Brenda est restée silencieuse.

— J'ai rencontré ces filles dans l'un de mes cours et elles m'ont invitée à manger avec elles.

— Et tu préfères manger avec elles plutôt qu'avec moi. C'est très bien. Je comprends. Je comprends parfaitement.

— Tu ne comprends pas. Il se passe beaucoup de choses dont tu n'as pas idée. Ça n'a rien à voir avec toi.

— Comme d'habitude.

Brenda s'est mouchée bruyamment. J'ai insisté :

— Allez, sors de là, on va parler.

— Non.

J'ai frappé plus vigoureusement.

— Il faut que tu sortes, les cours recommencent bientôt.

— Je n'ai pas à faire quoi que ce soit.

— Tu es censée être ma partenaire, Brenda. Je suis certaine que de t'enfermer ici et de refuser de me parler constituent des offenses au code des partenaires.

— Arrête de rire de moi.

— Je ne ris pas de toi. J'essaie de m'excuser, mais c'est difficile de parler à une porte.

— Bon, tu t'es excusée, tu peux partir maintenant.

J'ai reculé et je me suis appuyée sur le lavabo pour réfléchir à mes options.

1. **Oublier Brenda**. Je viens de la rencontrer. Je n'ai pas à assumer la responsabilité de son bien-être. Je suis ici pour me venger, pas pour devenir la mère Teresa des filles impopulaires.

2. **Être gentille**. Ça ne me tuerait pas d'être gentille avec elle. Il n'y a pas si longtemps, c'est moi qui pleurais ainsi. De plus, il n'y a aucun témoin. Ce n'est pas comme si elle allait faire dérailler mon projet « popularité ».

67

J'ai soupiré, je me suis agenouillée, puis je me suis étendue sur le carrelage pour passer ma tête sous la porte de la cabine. Brenda m'a regardée de haut. Elle avait les yeux rouges et enflés. Elle a dit :

— Qu'est-ce que tu fais ?

Pendant une seconde, j'ai cru qu'elle allait poser le pied sur mon visage comme si j'étais un vulgaire insecte, mais elle a plutôt reculé le plus loin qu'elle le pouvait sans grimper sur la toilette.

— Tu ne me crois pas. Je suis vraiment désolée. Je suis couchée sur un plancher de toilettes dégueulasse pour te prouver à quel point je suis désolée. Mes cheveux touchent au plancher, Brenda.

— Et si quelqu'un entrait ?

— Alors, nous serions considérées sans aucun doute comme des cinglées pour le reste de l'année. Je prends des risques énormes.

— Qu'est-ce que tu veux ?

— Que tu sortes de la cabine pour que nous parlions.

Brenda m'a fixée longuement, puis elle a ouvert le verrou. Dieu merci ! Je me suis levée en époussetant mes pantalons. Je suis allée me laver les mains. Brenda s'est appuyée sur le distributeur de papier, un long ruban de papier hygiénique à la main. Elle a eu un hoquet et lorsqu'elle a expiré, une bulle de morve s'est formée au bout de son nez. Elle est restée là, comme une bulle de savon en équilibre au bord de sa narine. Brenda ne semblait pas s'apercevoir de sa présence. C'était d'une telle tristesse. J'ai pris le papier hygiénique dans sa main, j'ai essuyé son nez, puis j'ai jeté le papier à la poubelle. J'ai pris la parole :

— J'ai eu tort de te laisser tomber aujourd'hui. Je ne voulais pas te faire de peine.

— Elles t'aiment, c'est évident. Ce sont les filles les plus populaires de l'école.

— C'est ce que je me disais. Elles ont ce style-là.

— C'est ça.

Brenda a pris un autre bout de papier et s'est mouchée avec force. Elle s'est lavé le visage et je lui ai donné des serviettes de papier. Elle a mis ses cheveux derrière les oreilles.

— Attends un peu, ai-je ajouté.

J'ai fouillé dans mon sac et j'ai trouvé mon brillant à lèvres MAC. Lorsque je lui ai donné, elle l'a regardé comme si elle n'avait jamais vu un tel objet auparavant.

— Mets-en un peu.

— Sur ma bouche ?

Elle fixait le bout du bâton avec méfiance.

— Je n'ai pas la rage ni aucune autre maladie. Crois-moi, Brenda, ce sera joli.

Elle a appliqué une mince couche et m'a rendu le bâton. Nous avons toutes les deux étudié son reflet dans le miroir. Elle était plus jolie. Le rose brillant lui donnait un peu de couleur. Bien entendu, elle ne pouvait être que plus jolie sans la bulle de morve. C'était une amélioration forcée. Elle a finalement dit :

— Merci. J'imagine qu'on est partenaires à nouveau, non ?

Je me suis mordu les lèvres et j'ai essayé de trouver une manière de lui expliquer la situation. Brenda a baissé la tête en concluant :

— Oublie ça. C'est stupide.

Elle a poussé la porte et elle est partie. J'ai pensé la rattraper, mais je me suis arrêtée net. C'était la guerre. Le risque de faire des dommages collatéraux était toujours présent.

11

J'ai rayé « établissement de ma popularité » sur ma liste d'objectifs. Il était temps de passer à la phase deux : « destruction active ».

J'ai fait le plus de recherches possible sur Justin, le petit ami de Lauren. J'ai étudié sa page Facebook comme si elle recelait le secret de l'immortalité. Sur une feuille, j'ai noté tous les chiffres potentiellement importants pour lui : l'anniversaire de Lauren, la date de leur rencontre, son numéro au football, le numéro de son joueur favori des Lions de Detroit, son meilleur temps à la course et son pointage le plus élevé à son jeu vidéo préféré.

J'ai attendu que le cours de mathématiques soit bien entamé, en plein milieu d'un exposé fascinant sur l'importance des fonctions polynomiales, pour lever la main et demander à être excusée.

Les couloirs étaient déserts. Je me suis dirigée vers le casier de Justin et j'ai essuyé mes mains moites sur mes jeans. À Lincoln, on pouvait reprogrammer notre combinaison de cadenas à condition de donner le numéro au concierge. J'avais l'intuition que Justin choisirait des chiffres faciles à retenir. Il ne m'apparaissait pas comme quelqu'un qui disposait de beaucoup d'espace de stockage dans son cerveau. J'ai d'abord essayé l'anniversaire de Lauren : rien. Ensuite, la date de leur rencontre : rien. Je tapais du pied en essayant de trouver quel numéro serait le plus probable. Mais je connaissais Justin seulement depuis quelques jours et il y avait des millions de combinaisons possibles. Je craignais qu'il me faille une année complète pour toutes les essayer, et le professeur de maths allait envoyer un élève à ma recherche bien avant ça. J'ai essayé sa date d'anniversaire, en espérant que Justin soit un type qui aimait les choses vraiment simples. J'ai tourné le cadran du cadenas, j'ai fait une courte prière et j'ai tiré. Rien. Merde. Au maximum de ma frustration, j'ai tiré vraiment fort ; le cadenas s'est ouvert en faisant un bruit cacophonique dans le couloir vide. J'ai tressailli et j'ai attendu que les portes des classes des deux côtés s'ouvrent pour laisser passer une horde de personnes venues me demander ce que je pouvais bien faire là. Mais il ne s'est rien passé.

J'ai ouvert la porte et j'ai reculé d'un pas. Berk ! Au fond du casier de Justin, il y avait une pile de vêtements de sport et d'équipement de football dont l'odeur pouvait faire croire qu'ils avaient été lavés pour la dernière fois à l'époque des dinosaures. Les ondes olfactives étaient visibles à l'œil nu. Il pouvait très bien y avoir quelques restes de lunch enterrés dans cet amas. Des effluves de banane-qui-a-déjà-connu-de-meilleurs-jours s'en dégageaient. J'ai retenu mon souffle et j'ai fouillé dans les poches de sa veste. Rien.

À Lincoln, les élèves n'ont pas le droit d'apporter leur téléphone cellulaire en classe. J'étais certaine que Justin gardait le sien dans son casier comme tout le monde. J'ai fouiné de plus près. Je n'avais pas le temps d'effectuer des fouilles archéologiques dans le tas de compost au fond du casier. Comment arrivait-il à mettre autant de choses dans un si petit espace, d'abord ? J'ai commencé à palper sur la tablette en espérant que je ne toucherais pas à un truc trop dégoûtant puisque je ne voyais pas ce qui s'y trouvait. J'ai senti ses clés, une balle de tennis, ce que j'ai souhaité de tout mon cœur ne pas être un support athlétique même si ça en avait tout l'air et puis – BINGO – son téléphone. Je l'ai attrapé et je me suis retenue pour ne pas faire une danse de la joie. Je l'ai ouvert, j'ai composé le numéro de mon cellulaire, puis j'ai attendu que l'appel entre et j'ai raccroché. Après quoi j'ai remis le téléphone sur la tablette et j'ai refermé le casier.

J'ai avancé d'un pas avant d'être ramenée vers l'arrière brusquement. On aurait dit que quelqu'un m'avait attrapée par le cou. Merde. Mon foulard était coincé dans la porte du casier.

J'ai tiré sur mon foulard, mais il était bien pris. J'entendais quelqu'un marcher dans l'autre couloir. La personne allait atteindre le coin d'une seconde à l'autre. Je me suis retournée du mieux que j'ai pu, dans la mesure où le casier était en train de m'étrangler, j'ai donné un coup sec, mais le foulard n'a pas bougé d'un centimètre. J'ai tenté de voir si je pouvais avoir l'air naturel en m'appuyant sur la porte : impossible. J'ai refait la combinaison de Justin en un éclair. J'ai tiré sur le cadenas, ouvert la porte, attrapé mon foulard et refermé la porte juste avant que le concierge n'apparaisse. J'étais là, la main sur le cadenas, le visage en sueur. En riant nerveusement, j'ai dit :

— Mauvais casier. Ils se ressemblent tous de l'extérieur. Comment peut-on savoir lequel est le nôtre ?

— Ils sont numérotés.

J'ai observé les casiers comme si je les découvrais pour la première fois.

— Eh bien, oui, ils *sont* numérotés. C'est vraiment pratique.

Le concierge m'a regardée bizarrement et il a continué son chemin. Je suis revenue au casier de Justin pendant mes cours de biologie et d'anglais, ainsi que pendant la période d'étude. J'ai refait le même stratagème en omettant la partie de l'étranglement par mon foulard. Le karma était sûrement de mon côté parce que personne ne m'a vue en train de fouiller dans son casier. Quand je suis revenue à mon propre casier à la fin de la journée, j'avais un texto de Lauren qui me disait qu'elles se trouveraient au café Caféine après l'école. J'avais également toute une série d'appels de Justin sur ma liste. Parfait.

12

Le café Caféine était la copie conforme d'un Starbucks, avec ses sofas bruns moelleux rassemblés autour d'un foyer à gaz et ses petites chaises bistro éparpillées un peu partout. Des journaux ouverts aux sections divertissements ou sports s'empilaient sur le rebord des fenêtres et l'air était saturé de l'odeur du café et des muffins ultra-calorifiques. Les cheveux noirs du serveur étaient attachés sur sa nuque et une rangée d'anneaux en argent agrémentait le tour de son oreille. Il commandait les boissons d'une voix chantante :

— Un grand capp-uciiiiiiii-no.

Il faisait glisser les tasses sur le comptoir avec assurance, comme s'il était impossible qu'elles terminent leur course en chute libre vers le sol. J'ai vu une jeune adolescente soucieuse faire un bond pour attraper la sienne avant qu'elle ne glisse trop loin.

J'ai aperçu Lauren et les autres au fond du restaurant. Les tables du fond se trouvaient sur une petite estrade qui surplombait le reste de la salle. On pouvait compter sur Lauren pour se trouver une scène partout où elle allait. Elle avait mis ses pieds sur une chaise pour me la réserver. Même si d'autres personnes attendaient pour se trouver une place, personne n'osait la déranger. J'ai observé les clients pendant que j'attendais ma commande. La population étudiante de Lincoln présente dans ce café agissait comme si c'était un privilège de pouvoir admirer la magnifique Lauren siroter sa boisson chaude. Lauren en était parfaitement consciente. Elle riait juste un peu trop fort et faisait des gestes excessifs de ses mains pour que même les clients à l'autre bout du café ne manquent pas une seconde de sa performance.

— Un chai sans mousse avec lait é-crééé₅mééé !

J'ai attrapé ma tasse et après une petite gorgée, j'ai fait un signe au serveur. Il faut toujours saluer la perfection. Je me suis faufilée entre les tables. Quand Lauren m'a vue, elle a attendu une seconde avant d'enlever ses pieds de la chaise, juste assez longtemps pour bien souligner la faveur qu'elle me faisait. Je me suis assise et j'ai souri à la ronde. Lauren a examiné ma tasse et a demandé :

— Il y a du lait ?

— C'est du thé chai. Veux-tu goûter ?

J'ai poussé ma tasse dans sa direction, mais elle a eu un mouvement de recul. On aurait dit que je lui proposais une tasse de ciguë fumante.

— Je me tiens loin des produits laitiers, ils obstruent mes cordes vocales, expliqua-t-elle.

Lauren a haussé les épaules comme si c'était une épreuve qu'elle endurait avec stoïcisme. Elle a enchaîné :

— J'ai un cours de chant ce soir. Je répète ma chanson pour les auditions.

— Tu te limites au café noir, alors ?

— Eau chaude et citron.

J'ai hoché la tête et j'ai pris une longue gorgée de mon obstruant thé au lait en résistant à l'envie de me gargariser devant elle. Kyla m'a demandé :

— Où as-tu trouvé ces bottes ?

Elle est presque tombée à genoux lorsqu'elle les a aper-
çues. J'ai tourné mon pied lentement pour que tout le
monde puisse les admirer.

— Je pense que je les ai achetées lors d'une vente
d'échantillons de Manolo. À New York, tous les designers
organisent des ventes-débarras où on profite de rabais
incroyables.

Je les avais achetées dans un magasin d'occasions,
mais c'était un détail. Lauren les a examinées et a conclu :

— Je n'ai jamais aimé les chaussures Manolo. Je les
trouve un peu tape-à-l'œil.

J'ai haussé les épaules. La seule chose qu'elle n'aimait
pas à propos des chaussures Manolo, c'est qu'elle n'en
avait pas. Kyla a ajouté :

— On peut acheter de belles chaussures en ligne sur le
site Zappos.

— Oui, mais je n'aime pas acheter des chaussures sans
les essayer, surtout si elles coûtent cher.

Tout le monde a semblé d'accord avec mon commentaire. J'ai sorti mon téléphone et je l'ai déposé sur la table.
Bailey m'a demandé :

— Attends-tu un appel ?

— Quelqu'un m'a appelée toute la journée en raccro-
chant chaque fois ou pire encore, en respirant très fort. Je
vous jure, c'est en train de me rendre folle. Je veux répondre
au prochain appel. C'est toujours le même numéro, alors
je sais que c'est le même gars.

— Quelqu'un a un admirateur secret ! a dit Bailey.

Elle a poursuivi :

— Sais-tu qui c'est ?

— Aucune idée. Sur l'un des messages, j'ai cru qu'il
allait dire quelque chose, mais il a finalement raccroché.

Kyla m'a suggéré :

— Tu devrais le rappeler et lui demander s'il a trouvé le cran de t'inviter.

— Donne, je vais l'appeler.

Lauren a attrapé mon téléphone en ajoutant :

— Il est peut-être mignon, on ne sait jamais. Je vais lui expliquer que tu ne peux pas dire de cochonneries à quelqu'un qui n'ose pas parler.

— Hou ! hou !

Des élèves de deuxième secondaire ont poussé des exclamations et l'un d'eux a interpellé Lauren :

— Tu peux me dire des cochonneries quand tu veux.

— Dans tes rêves, Sutherland. Tu n'es qu'un bébé. Je ne fais pas de porno pour enfants.

La réplique de Lauren a provoqué le rire de tous les clients. Elle s'est redressée en souriant. Elle a ensuite regardé le téléphone et j'ai vu le sang refluer de son visage lorsqu'elle a reconnu le numéro. Bailey et Kyla discutaient encore avec les jeunes et elles n'ont rien remarqué. Lauren appuyait frénétiquement sur les boutons de mon téléphone. Kyla a rapproché sa chaise d'un coup sec, comme si l'heure du conte était sur le point de commencer et qu'elle voulait s'assurer d'avoir une place dans la première rangée.

— Allez, appelle-le, l'a-t-elle encouragée.

— Ne fais pas le bébé, Kyla.

Lauren a remis le cellulaire sur la table et a expliqué à Kyla :

— Je n'allais pas vraiment faire ça. Je ne joue pas avec les gens. Bon sang ! Parfois, on dirait que tu es encore au primaire.

Kyla a reculé comme si Lauren l'avait giflée. Le regard de Bailey passait de l'une à l'autre. Elle avait l'air d'une enfant qui regarde ses parents se chamailler. J'ai pris le téléphone pour l'examiner.

— Tu as effacé les numéros.

— Voulais-tu l'appeler?

J'ai fait un geste comme si c'était la chose la moins importante du monde. Kyla s'est défendue:

— On ne faisait que s'amuser.

— Si tu le dis, a rétorqué Lauren. Si tu veux agir ainsi, tu devrais peut-être te chercher un soupirant en deuxième secondaire; comme ça, il aurait le même sens de l'humour que toi.

Les pattes de la chaise de Lauren ont grincé lorsqu'elle s'est poussée de la table trop rapidement. Elle a ajouté:

— Je dois partir.

Elle a mis son fourre-tout sur son épaule et elle nous a laissé sans ajouter un mot. Kyla a lancé:

— Mais qui a pissé dans ses céréales?

Bailey lui a répondu en regardant Lauren s'éloigner par la fenêtre:

— Ce sont probablement les auditions qui la rendent nerveuse. Les séances d'essai la font toujours paniquer. C'est sa dernière année et elle tient beaucoup à ce rôle.

— Ce n'est pas une raison pour m'envoyer promener.

Kyla a pris une grosse gorgée de son café et la chaleur l'a fait tressaillir. Elle a tapé du pied nerveusement. Bailey a ajouté:

— Tu sais qu'elle ne le pense pas. Ne sois pas fâchée. Voulez-vous qu'on partage un muffin? Je meurs de faim.

Bailey n'a pas attendu notre réponse pour se diriger vers la section de la pâtisserie.

— Pour ce que ça vaut, tu ne le méritais vraiment pas, ai-je dit à Kyla.

J'avais attendu que Bailey soit plus loin pour la réconforter. Étape deux: diviser pour conquérir.

— Bailey a raison. Lauren ne le pensait pas. C'est juste que parfois, elle est... Tu comprends ?

— Je comprends. J'avais des amies comme elle à New York. On ne les appelle pas des reines du drame pour rien.

Surprise, Kyla a levé les yeux vers moi, puis nous avons éclaté de rire. En montrant ses pieds du doigt, je lui ai demandé :

— Quelle est la pointure de tes chaussures ?

— Mes pieds sont énormes, non ? Je chausse du huit et demi.

— J'ai des palmes aussi, c'est la malédiction des grandes. Veux-tu que je te prête mes bottes ? Tu pourrais les avoir pour toute la fin de semaine, si tu veux.

— Es-tu sérieuse ? Tu voudrais vraiment me les prêter ?

— Bien sûr, ce ne sont que des bottes. Ce n'est pas comme si je te donnais un rein ou un autre organe vital.

Je me suis penchée pour glisser une botte vers elle :

— Essaie-la pour voir.

Kyla a poussé un petit cri et s'est empressée d'enlever sa chaussure pour enfiler la botte. Elle a longuement admiré son pied. Bailey est revenue avec un muffin coupé en trois parts égales. J'avais l'intuition que Bailey travaillerait dans une garderie un jour.

— Regarde, Claire me prête ses bottes !

— Oh, c'est super gentil.

Je leur ai adressé un beau sourire. C'est tout moi, ça : super gentille.

13

Brenda m'a appelée le lendemain soir. Elle s'est servie de son statut de partenaire pour soutirer mon numéro de téléphone à la secrétaire. Au diable la vie privée. Elle a dit qu'elle voulait savoir si je m'adaptais bien à ma nouvelle vie. J'admire la ténacité chez les autres, mais mon projet personnel nécessitait toute mon attention. Par contre, si j'étais gentille avec Brenda (quand il n'y avait aucun témoin), cela pourrait équilibrer mon karma au cas où mes parents auraient raison sur ce point. J'allais détruire Lauren, mais peut-être que si j'aidais Brenda à se construire, cela rétablirait l'équilibre de cette machination. J'ai donc décidé d'accepter son invitation.

La chambre de Brenda était peinte en bleu métallique. Son lit était poussé dans un coin, car la majeure partie de la pièce était occupée par une énorme table de travail et des bibliothèques qui montaient jusqu'au plafond. Je me tenais devant sa garde-robe en faisant glisser les cintres dans l'espoir de découvrir un trésor caché tout au fond.

— Je choisis mes vêtements pour le confort, pas pour le style, m'a dit Brenda en grignotant ses cuticules.

Je lui ai donné une tape sur la main et je lui ai répondu d'un ton faussement hautain :

— Bien entendu, très chère. As-tu déjà acheté des vêtements ailleurs que chez Sears ?

— Qu'est-ce qu'il y a de mal à ça ?

— As-tu déjà feuilleté le catalogue ?

— Bien sûr.

— As-tu vu sur les photos beaucoup de jeunes branchés de ton âge qui s'amusent bien ?

— Non.

Brenda a approché sa main de sa bouche, mais l'a rabaissée à la vue de mon regard désapprobateur. J'ai enchaîné :

— En effet. On y voit des dames d'âge moyen qui ont une belle peau. Le public cible de Sears est la mère de banlieue qui veut être jolie, mais qui a besoin de pantalons infroissables et qui ne tachent pas. Cette chaîne de magasins dépense des millions de dollars en publicité. Les gens qu'ils souhaitent attirer sont à des galaxies de la jeunesse.

— Je ne suis pas le genre de fille qui porte des jeans serrés et des chandails échancrés.

J'ai soupiré et je me suis assise sur le plancher devant Brenda pour lui expliquer la vie :

— Sais-tu qu'il y a d'autres options entre la collection kaki et les tenues trop sexy ?

— Je m'en souviendrai si jamais je décide de renouveler ma garde-robe.

— Si tu songes à une transformation, il faudrait commencer par tes cheveux.

Nous nous sommes retournées pour voir son reflet dans le miroir au-dessus de sa commode. Ses cheveux semblaient sortir à angle droit de leur base, ce qui donnait à sa tête une forme triangulaire.

Je lui ai demandé :

— Où fais-tu couper tes cheveux ?

— Chez le coiffeur du centre commercial.

— Je te donne un conseil gratuit. Il n'est pas nécessaire de dépenser beaucoup d'argent pour être populaire, mais il faut dépenser son argent judicieusement. Par exemple, c'est inutile de dilapider sa fortune pour des sous-vêtements. La plupart des gens ne les verront pas et ceux qui les verront essayeront de te les enlever le plus rapidement possible sans y prêter attention. On peut acheter ses sous-vêtements chez Walmart, mais les cheveux, c'est une autre paire de manches.

— Qu'est-ce qui te fait croire que j'ai besoin de conseils sur la façon de devenir populaire?

J'ai haussé un sourcil avant de répondre:

— Ça n'a rien à voir avec la popularité; ce qu'il faut, c'est savoir jouer le jeu.

— Je me moque de ces trucs-là.

— Oh non. Fie-toi à moi. Personne ne s'en moque. Tes cheveux sont un panneau publicitaire géant sur ta tête. Et, il dit: «Je n'ai jamais entendu parler de revitalisant et je paye sept dollars pour me faire couper les cheveux.»

— Ça me coûte quatorze dollars.

— Ça ne m'impressionne pas du tout. Donne-moi l'annuaire, je vais te prendre un rendez-vous.

— Je déteste les salons de coiffure tape-à-l'œil.

— Tant pis! Avec ton type de cheveux, tu as deux options. Après une bonne coupe, tu te sers du fer plat le matin et tu évites de sortir quand c'est humide ou alors tu fais faire un dégradé dans tes cheveux et tu les laisses boucler. Fais-moi confiance, je connais ça, les cheveux rebelles. Tu aurais dû voir ma tête avant l'intervention majeure que j'y ai pratiquée. Combien de temps te faut-il pour te coiffer le matin?

— Je ne sais pas. Je prends une douche, c'est à peu près ça.

— L'hygiène de base ne compte pas. Je crois que nous devrions choisir les boucles. Ce sera plus facile de les coiffer. Il faut les couper un peu pour obtenir un style léger et sexy.

J'ai appelé un salon de coiffure et j'ai demandé à parler directement au styliste. J'ai décrit exactement la coiffure que j'avais en tête, puisqu'il était clair que ce n'était pas une tâche à laisser entre les mains aux cuticules grignotées de Brenda.

Elle s'étudiait dans le miroir quand j'ai raccroché, méditant sur son reflet.

— Tu sais, la popularité est une science. Ce n'est pas si superficiel que ça.

— Vraiment ? a répondu Brenda en se croisant les bras.

— La popularité est une formule mathématique basée sur des critères de charme. Les écoles secondaires constituent des cas d'étude classiques en anthropologie et faire réagir les gens comme on le désire demande de la psychologie. C'est de la science, mais une science différente de celle que tu connais.

— Je n'arrive pas à te cerner. Tu ne ressembles pas aux autres filles populaires.

— Que le ciel m'en préserve ! Je vise une plus grande profondeur. Lauren est aussi superficielle qu'une pataugeoire pour enfants qui aurait une fuite.

— Je ne comprends pas. Si tu ne l'aimes pas, pourquoi veux-tu être son amie ?

— C'est compliqué.

J'ai consulté ma montre et j'ai ajouté :

— Je dois partir. Tu te feras couper les cheveux pendant la fin de semaine et tu verras le résultat scientifique.

En sortant de sa maison, j'ai senti mon karma s'équilibrer avec ce que j'avais planifié pour le lendemain.

14

Quand j'ai mis le pied dans la maison, ma grand-mère a dit :

— Tes parents t'ont envoyé quelque chose.

Elle était dans la cuisine et elle feuilletait un exemplaire de *Bon appétit* un verre de vin à la main. Elle m'a demandé :

— Voudrais-tu qu'on fasse un dessert ? Il y a une recette de brownies-tortues.

— Bonne idée.

Je me suis assise au comptoir et j'ai ouvert la boîte que mes parents m'avait expédiée. Elle était parsemée de grosses taches de gras. À l'intérieur se trouvait une espèce de gâteau carré bizarre. On aurait dit qu'il était farci de brindilles et qu'il pesait des centaines de kilos. Je l'ai reniflé, mais l'odeur était difficile à décrire sauf que l'adjectif « bon » n'avait aucune chance d'être prononcé. Je me demandais ce que c'était. J'ai lu le petit mot que mes parents avaient envoyé :

— C'est une barre protéinée riche en fibres et sans sucre. Elle contient de l'huile de poisson.

Ma grand-mère a jeté un coup d'œil à la boîte et a dit :

— Quelle idée de faire des brownies au saumon !

— Tu veux bien en faire à la tortue, toi.

Ma grand-mère a ri de ma réplique et elle a scruté l'objet de nouveau :

— Vas-tu le manger ?

— Vas-tu m'obliger ?

— Je suis à peu près convaincue qu'il s'agirait de violence envers les enfants. Je suis trop vieille pour aller en prison. S'il te plaît, ne le jette pas dans la cuisine, va le porter directement dans le garage. C'est le genre d'odeur qui peut être tenace.

Grand-maman a commencé à sortir des ingrédients de l'armoire et m'a interrogée :

— Tu as l'air très contente de toi. J'en déduis que le retour à l'école avec Lauren ne se passe pas trop mal.

— Rien à redire pour l'instant. Je mets en branle la deuxième phase de mon plan de vengeance.

Ma grand-mère m'a regardée par-dessus son épaule en fronçant les sourcils :

— Plan de vengeance...

— Oui, je veux gâcher la vie de Lauren comme elle a nui à la mienne.

— Ma belle, elle n'a pas gâché ta vie.

— Elle a bien essayé en tout cas. Le secondaire est censé être la plus belle période de ma vie. Est-ce que j'ai l'air de vivre la plus belle période de ma vie ?

— Je n'ai jamais fait confiance aux gens qui disent que la plus belle période de leur vie a été le secondaire. Ce n'est pas ça, le but. Si on n'a pas réussi à faire ce qu'on voulait de sa vie, il n'en tient qu'à nous de la changer.

— Je m'efforce de la changer justement.

— On dirait plutôt que tu t'efforces de changer *sa* vie, pas la tienne.

Je me suis levée et j'ai poussé la boîte de mes parents loin de moi. La journée avait été parfaite, pourquoi fallait-il qu'elle finisse ainsi ? J'ai répliqué :

— C'est toi qui m'as donné cette idée. Tu m'as dit que je devrais saisir l'occasion.

— Je voulais dire l'occasion de leur montrer qui tu es, pour te prouver que tu es quelqu'un. Tu es jolie, tu es intelligente et tu as plus de talent artistique dans ton petit doigt que la plupart des individus dans leur corps entier. Je ne sous-entendais pas qu'il te fallait concocter un plan de vengeance à la noix.

— Il n'est pas à la noix !

J'avais crié très fort. Ma grand-mère et moi avons toutes les deux reculé d'un pas tant ma voix nous a surprises. Ma grand-mère s'est mise à essuyer le comptoir qui était déjà étincelant et m'a dit :

— D'accord. Rassieds-toi une minute.

Je me suis assise, les bras croisés, et elle m'a expliqué :

— Ce que j'ai dit à propos de ton retour a peut-être été déformé par la distance. C'est ce qui arrive quand on a des conversations profondes au téléphone.

Elle s'est passé la main dans les cheveux avant de poursuivre :

— Les gens de ma génération appelaient les filles comme Lauren des garces. Elle ne mérite pas de cirer tes chaussures. Je n'ai jamais compris ce que tu lui trouvais. Tu pourrais faire tellement mieux dans le domaine de l'amitié. Ça ne me gêne pas que tu retournes à l'école sous un autre nom pour ne pas raviver le passé. Je pense que c'est plus simple que d'avoir à assumer toute cette histoire, mais le but de ce retour incognito est justement d'oublier ce qui s'est passé. Si j'avais su que tu allais rapporter tout ce gâchis ici, je n'aurais pas accepté de t'inscrire sous un autre nom.

J'ai ouvert la bouche pour protester, mais elle a levé la main pour m'en empêcher.

— Tu n'as pas à l'aimer. Tu n'as même pas à t'approcher d'elle. Mais fie-toi à moi, si tu essaies de lui faire du mal, c'est toi qui finiras par souffrir.

— Ne crois-tu pas qu'elle le mérite ?

— Je peux difficilement trouver une autre personne qui le mériterait plus qu'elle, mais là n'est pas la question. La question est de savoir si tu devrais devenir un ange vengeur. Les gens comme elle payent généralement pour ce qu'ils ont fait.

— Et s'ils ne payent pas ?

— Habituellement, il y a beaucoup plus de choses qui se passent dans la vie des gens que ce que nous en connaissons. Peut-être que sa vie n'est pas aussi belle que tu le crois.

— Elle est populaire, elle a des amies et un copain. Elle fait partie de la troupe de théâtre et devrait obtenir le rôle principal cette année. Elle est capitaine de l'équipe de *cheerleading*. Ce n'est pas juste après ce qu'elle m'a fait.

— Tu veux te venger ? Sois heureuse. Vie ta vie. Fais-toi de bons amis. Développe tes talents. Épanouis-toi encore plus.

— Très bien.

J'ai tiré sur le ruban adhésif de la boîte sans oser planter mes yeux dans les siens. Ma grand-mère ne s'est pas arrêtée là :

— L'un des avantages de la vieillesse, c'est la perspective qu'elle nous procure. Je n'essaie pas de te mettre des bâtons dans les roues. Si je croyais que la destruction de Lauren te rendrait plus heureuse, je t'aiderais par tous les moyens, mais ce n'est pas le cas.

— D'accord.

Je n'ai rien ajouté. J'étais certaine que si je parlais, j'allais me mettre à pleurer. J'ai plutôt enlevé le long ruban adhésif de la boîte poisseuse et j'ai respiré lentement par la bouche. Ma grand-mère a conclu :

— Bon. Jette-moi ce truc, je vais sortir tous les ingrédients. On va préparer des brownies sans poisson. Je crois que *Casablanca* passe à la télé ce soir. Du chocolat et Bogart, c'est le summum.

J'ai marché jusqu'au garage et j'ai jeté la boîte dans la poubelle. Je comprenais ce que ma grand-mère essayait de me dire, mais j'étais convaincue qu'elle avait tort. Il y avait quelque chose de mieux que le chocolat et Bogart. Il était hors de question que j'abandonne mon plan de vengeance. Ce n'était que le début.

15

La main de Brenda n'arrêtait pas de passer dans ses cheveux, comme si elle s'attendait à ce qu'ils aient disparu. Le coiffeur avait fait des merveilles. Il les avait coupé d'environ dix centimètres, juste sous les oreilles, avec un beau dégradé. Ses cheveux plus courts bouclaient joliment. C'était une coiffure audacieuse, mais sans excès. Le coloriste avait pâli légèrement le brun naturel avec une teinture semi-permanente. Et il ne faisait aucun doute qu'un revitalisant de puissance industrielle avait servi à dompter cette crinière qui avait survécu à une explosion atomique. J'avais également convaincu Brenda que le brillant à lèvres et le mascara ne feraient pas d'elle une prétendante aux couvertures de magazines de mode. Je lui ai finalement dit :

— Arrête de toucher à tes cheveux !

J'ai fait une pause devant une vitrine de boutique. Bailey ne mentait pas quand elle a qualifié la ville de véritable désert de la mode. Ce n'était qu'un magasin à succursales après l'autre. Brenda a répliqué :

— Ils sont très courts.

Je l'ai examinée :

— Tu ne peux pas me dire que tu n'aimes pas ça.

Sa main s'est encore dirigée vers ses cheveux, mais cette fois pour mettre une mèche derrière ses oreilles. Sa bouche a esquissé un sourire. C'est là que j'ai vu ce que je cherchais, de l'autre côté du couloir. J'ai lancé :

— C'est exactement ça !

J'ai traîné Brenda par le bras. Elle a protesté :

— C'est un magasin pour hommes !

— C'est celle-là.

Je lui indiquais une chemise blanche tendance dans la vitrine. Brenda était perplexe :

— Qu'est-ce qui cloche avec la chemise blanche que j'ai déjà ?

— La coupe ne convient pas.

Je suis entrée dans le magasin avec Brenda à ma suite et je lui ai expliqué :

— On cherche un look à la Audrey Hepburn. Tu as des centaines de pantalons capris, c'est un début, et on ajoutera une jolie jupe noire. Tu as une belle silhouette, pourquoi ne pas la mettre en valeur ? On va utiliser ta collection de vestes de chez Sears jusqu'à ce que tu puisses les remplacer. Tu as besoin de quelques chemises masculines et de ballerines. Avec ça, tu devrais avoir assez de vêtements pour faire plusieurs agencements.

— Je ne sais pas, a répondu Brenda d'un ton sceptique.

— Tu dois me faire confiance. En plus, la chemise est à moitié prix, ai-je ajouté en lui montrant l'étiquette. Ils nous la donnent pratiquement. Le look Audrey Hepburn te va bien. Vous avez le même type de physique.

— Je ne ressemble pas du tout à Audrey Hepburn.

— C'est parce que tu as toujours le dos rond. Ta posture est terrible. On ne voit jamais Audrey Hepburn les épaules voûtées. Ça me fait penser à quelque chose. Il faut aller chez Best Buy.

— J'ai déjà demandé à mon père de louer les films que tu m'as recommandés. Je n'ai pas besoin de les acheter.

— D'abord, visionner des films d'Audrey Hepburn, ce n'est pas une corvée, alors arrête d'en parler comme si je t'avais demandé de résoudre des problèmes de chimie.

— Mais j'aime la chimie, a répliqué Brenda.

— Et tu aimeras Hepburn. Elle dégage un charisme fou, c'est la chimie de la nature, ai-je répondu en tendant les bras pour illustrer mon propos.

— Je sais ce qu'est le charisme.

— Cesse de bougonner. Je veux que tu achètes un DVD de yoga pour améliorer ta posture.

— Du yoga ? a demandé Brenda en levant les yeux au ciel.

— Fais-moi confiance. Le yoga améliore la posture. Maintenant, achète cette chemise.

Brenda a pris la chemise et a marché au pas jusqu'à la caisse. Si elle décidait de ne plus étudier en sciences, elle pourrait songer à une carrière militaire avec cette démarche. Malgré tout, la coiffure faisait déjà effet. Elle courbait moins les épaules et elle regardait le commis au lieu de fixer le plancher. Petit progrès.

Brenda est revenue vers moi en faisant balancer son sac subtilement, ce qui pour elle était pratiquement un comportement d'adolescente délirante.

Bras dessus, bras dessous, nous avons traversé le centre commercial comme si nous étions les vedettes du *Magicien d'Oz* et que la route de briques jaunes menait au Best Buy. Nous étions en train de rire quand j'ai vu les singes volants :

— Merde.

J'ai arrêté net et je me suis précipitée derrière le comptoir d'une bijouterie. Brenda a fait quelques pas avant de s'apercevoir de ma disparition. Elle est restée au beau milieu du couloir en essayant de trouver où j'avais bien pu aller. À quelques mètres de là, au comptoir de Baskin Robbins, Kyla, Bailey et Lauren attendaient d'être servies.

— Qu'est-ce que tu regardes ? a dit Kyla.

Brenda s'est montrée du doigt.

— Oui, toi !

Le ton de Kyla a cloué Brenda sur place. Elle a murmuré :

— Rien, j'étais en train de...

— Super. Ce qu'il me faut, c'est me faire dévisager par tout le monde. Appelez le cirque, je suis officiellement un phénomène de foire, a dit Lauren d'un ton pleurnichard.

Quelques personnes observaient la scène. Bailey a voulu la consoler en lui tendant une mixture rose dans un verre géant :

— Tiens, prends ce *smoothie*.

— Pourquoi pas ? Qu'est-ce que ça peut faire que je prenne deux cents kilos ? Je serai grosse et seule au lieu d'être seulement seule.

— Vous allez sûrement recoller les morceaux.

Bailey continuait de consoler Lauren en lui flattant le bras comme si elle était un chaton siamois d'une grande valeur. Kyla a ajouté :

— C'est un idiot fini s'il ne comprend pas à quel point il a agi en imbécile.

— Est-ce que ça va ? a demandé Brenda.

— Ce n'est pas de tes affaires, a répondu Kyla en mettant une main sur sa hanche.

— Aussi bien qu'elle le sache puisque toute l'école ne parlera que de ça lundi. Justin et moi avons rompu. C'est fini, a expliqué Lauren.

J'ai failli avaler une paire de boucles d'oreille en argent. Ils avaient rompu ! Oui ! Mon plan avait fonctionné. J'aurais exécuté une danse pour célébrer la nouvelle si je n'avais pas été cachée derrière un comptoir. Brenda a demandé :

— Justin Ryan, le joueur de football ?

— Ouais, a dit Kyla.

— Trois ans ! Vous savez, il y a des mariages hollywoodiens qui n'ont pas duré aussi longtemps que notre couple, a ironisé Lauren.

Elle a aspiré longuement sa mixture en faisant un bruit déplaisant avant de continuer :

— Savez-vous avec combien d'autres gars j'aurais pu sortir pendant cette période ? Des tonnes. Je me faisais inviter tout le temps et c'est sans compter ceux qui ne m'ont pas invitée et qui l'auraient sûrement fait s'ils avaient cru avoir une chance.

— Évidemment, a renchéri Bailey.

— Je suis désolée qu'il ait rompu, a dit Brenda.

Lauren s'est alors retournée si vivement que Brenda a reculé d'un pas. Elle a martelé :

— Mettons quelque chose au clair tout de suite. Justin n'a PAS rompu avec moi. C'est moi qui ai rompu. Je l'ai pris en flagrant délit de mensonge et je ne peux pas tolérer qu'on me mente.

Lauren ponctuait chaque mot avec un de ses doigts. Même à cette distance, je voyais que sa manucure était en piètre état et qu'un des ongles était complètement cassé.

Je me suis retenue pour ne pas éclater de rire. Apparemment, elle tolérait sans problème ses propres mensonges. Le karma est parfois traître pour les traîtresses.

— Si on ne peut pas leur faire confiance, ça ne vaut pas la peine, a enchaîné Kyla.

Elle a hoché la tête avant de prendre son *smoothie* sur le comptoir et de poursuivre :

— J'ai encore du mal à le croire. Il te vouait un culte. Qu'est-ce qui était si important à ses yeux pour qu'il sente le besoin de mentir ?

— Le mensonge lui-même n'a pas d'importance. Il a menti, un point, c'est tout. Voulez-vous arrêter d'essayer de me soutirer des informations ? Tout ce qui vous intéresse, ce sont les détails insignifiants.

Sur ces mots, Lauren a balancé son verre dans la poubelle. Il a cogné la paroi et a rebondi avant de se vider sur le plancher. Une mare rose et visqueuse s'est formée. Lauren a conclu :

— Mon chagrin ne servira pas à amuser la galerie.

Je ne pouvais pas parler pour les autres, mais je trouvais son chagrin très amusant. Lauren s'est éloignée d'un pas décidé sans même jeter un œil derrière elle. Les trois filles l'ont observée s'éloigner quelques secondes avant de revenir à la mare rose. Bailey a été la première à réagir en attrapant une poignée de serviettes de table sur le comptoir pour les lancer sur le liquide. Elle épongeait avec son pied. Kyla a reculé d'un pas comme si elle ne souhaitait pas être associée à ce dégât. Brenda a demandé au commis de lui passer un rouleau d'essuie-tout et elle a donné un coup de main à Bailey. Kyla a explosé :

— On est censées être ses meilleures amies. Vouloir savoir pourquoi elle a rompu avec le garçon avec qui elle sortait depuis trois ans, ce n'est pas exactement tenter de lui soutirer des informations. Elle a réagi comme si je l'avais soumise à la torture.

— Elle est bouleversée, a répondu Bailey en jetant un paquet de serviettes détrempées dans la poubelle.

— Il y a une différence entre être bouleversée et être cruelle.

J'ai approuvé de la tête derrière le comptoir de bijoux. Kyla commençait à percer Lauren à jour. J'aurais pu lui raconter des choses qui l'auraient convaincue que traiter Lauren de cruelle était un compliment. Bailey a repris :

— On devrait la rattraper.

Kyla a répondu en replaçant ses cheveux :

— Non merci. J'ai mieux à faire de mon samedi. Je vais aller voir le maquillage. Est-ce que tu viens avec moi ?

Bailey s'est mordu la lèvre inférieure en regardant le couloir où Lauren avait disparu.

— Laisse faire, a conclu Kyla en partant dans la direction opposée.

Bailey était au bord des larmes. Brenda a terminé de nettoyer la mare rose et elle a jeté un autre paquet de serviettes de papier dans la poubelle avant de se nettoyer les mains.

— Alors, à la prochaine, a-t-elle dit.

Bailey l'a regardée comme si elle avait complètement oublié sa présence :

— Merci de m'avoir aidée à nettoyer.

— Il n'y a pas de quoi.

Bailey s'est mise en route pour rejoindre Lauren, mais elle s'est arrêtée tout d'un coup pour demander à Brenda :

— T'es-tu fait couper les cheveux ?

Bailey dévisageait Brenda comme si elle ne l'avait jamais vue de sa vie. La main de Brenda s'est retrouvée à nouveau dans ses cheveux et elle a acquiescé.

— C'est joli, a dit Bailey avant de se remettre en route.

J'ai attendu quelques secondes et je me suis approchée de Brenda. Elle a sursauté quand j'ai touché son bras. En se retournant, elle m'a demandé :

— Mais où étais-tu ?

— Désolée. Je n'avais pas envie de les voir.

— Merci de m'avoir laissée seule devant cette petite scène.

— Elle a aimé tes cheveux, l'as-tu remarqué ?

— Ne change pas de sujet.

Je suis restée immobile quelques secondes en fixant le couloir. Quelque chose dans cette scène clochait. J'aurais dû être aux anges de savoir que Lauren et son petit ami avaient rompu. Elle pouvait se vanter d'être celle qui l'avait abandonnée, mais en réalité, de son point de vue, Justin l'avait trompée. Il avait choisi une autre fille. On aurait normalement dû la ramasser à la petite cuillère. J'ai demandé à Brenda :

— As-tu remarqué que Lauren n'était pas tellement fâchée ?

— Elle a lancé un *smoothie*.

J'ai agité la main en rejetant son explication :

— De la comédie ! Lauren est une actrice, elle manie les accessoires avec brio.

— Ce *smoothie* n'était pas un accessoire. Elle m'a paru en colère et ses meilleures amies croient qu'elle est bouleversée.

— L'une de ses amies la croit bouleversée, l'autre l'a qualifiée de cruelle.

J'ai mordu l'intérieur de mes joues avant de continuer :

— As-tu remarqué qu'elle ne pleurait pas ? Ses yeux n'étaient pas rouges, son nez ne coulait pas. Si ses amies croyaient qu'elle était sincèrement bouleversée, seraient-elles venues avec elle au centre commercial ? Ça ne te paraît pas bizarre ?

— Ce qui me paraît bizarre, c'est ta réaction.

— Quoi ? Reconnais que Lauren Wood peut être une vraie vipère. N'y a-t-il pas une parcelle de toi qui se réjouit de voir sa vie parfaite être ébranlée ?

J'ai mimé une petite quantité avec mon pouce et mon index. Brenda a répondu :

— Ce n'est pas mon amie, mais je ne souhaite pas qu'il arrive des malheurs aux autres.

J'ai levé les yeux au ciel :

— Elle n'est pas ton amie parce qu'elle ne serait jamais ton amie. Elle ne peut rien obtenir de toi, ce qui te rend inutile dans son esprit. Elle ne lèverait jamais le petit doigt pour t'aider si tu en avais besoin. Et si c'était profitable pour elle de te faire du mal, elle le ferait si rapidement que tu n'aurais pas le temps de la voir venir avec son couteau.

— Mais qu'est-ce qu'elle t'a fait ?

Ma lèvre inférieure a commencé à trembler et j'ai senti tout à coup que j'étais sur le point de fondre en larmes au milieu de l'aire de restauration du centre commercial. J'ai essuyé mes yeux avant de parler :

— Ça n'a pas d'importance. Allons acheter ton DVD de yoga.

— Ça semble avoir beaucoup d'importance, au contraire.

J'ai pris une grande inspiration et j'ai levé la tête vers le ciel en espérant que les larmes retournent dans mes yeux par ma seule volonté. J'ai ajouté :

— Oublie tout ça.

Brenda a croisé les bras, l'air déterminé. J'ai insisté :

— En tant qu'amie, je te demande de laisser tomber.

— Lauren n'est pas mon amie, mais tu ne sembles pas être une très bonne amie non plus. Tu ne me dis pas ce qui se passe, tu ne me dis pas ce qui a de l'importance pour toi, tu ne veux même pas que l'on nous voie ensemble. Dès qu'on rencontre quelqu'un, tu t'enfuis. En fait, la seule chose qui t'importe, c'est de me dire quoi faire.

— C'est injuste. Ce n'est pas que je ne veux pas que l'on nous voie ensemble, c'est juste que...

Ma voix s'est éteinte. Elle avait raison. Je ne pouvais pas me permettre d'être vue avec elle. Ma popularité était encore trop fragile.

Brenda déçue a rassemblé ses sacs et a ajouté :

— Merci d'être venue avec moi pour ma coupe de cheveux et pour les conseils de magasinage. Je dois rentrer.

— Tu oublies le DVD de yoga.

— Je peux m'en occuper toute seule. Tu n'as pas besoin de me tenir la main à chaque pas.

— Oh, d'accord. On se verra à l'école.

— Et si je suis très chanceuse, tu pourrais même admettre que tu me connais.

— Tu exagères, ai-je protesté.

— Ce n'est pas parce que tu ne veux pas que ce soit ainsi que ce n'est pas la stricte réalité, a conclu Brenda en partant avec son sac.

16

Quand nous étions en troisième année, Lauren et moi avions une passion pour les livres de Nancy Drew, la détective amateur. Nous faisions semblant d'être Nancy et sa meilleure amie, Bess, le duo qui résout les mystères. (Devinez qui personnifiait Nancy et qui devait se taper l'ennuyeuse Bess.) Par la suite, nous avons cessé de faire semblant pour ouvrir notre propre agence de détectives : Wood et Worthington inc. Le nom de Lauren venait en premier. Après tout, comme elle me l'avait fait remarquer, c'était plus juste de choisir l'ordre alphabétique. Nous avons fabriqué du papier à en-tête et des cartes professionnelles avec l'imprimante couleur du père de Lauren. Nous avons ensuite distribué nos cartes dans le quartier et placé une affiche au supermarché. Il ne restait qu'à attendre les clients. Ce n'était pas si mal pour des fillettes de huit ans et demi. Ma mère nous a soumis l'affaire de la disparition du livre de la bibliothèque, notre première enquête.

Ma mère avait perdu un recueil de recettes végétariennes intitulé *Plaisirs végés*. L'affaire avait des répercussions sérieuses puisque à chaque journée qui passait, la bibliothèque comptabilisait une amende supplémentaire. Lauren était assise confortablement sur la chaise de ma table de travail et faisait sauter l'un de ses cahiers à spirale roses et brillants.

— On devrait faire la liste des suspects, a annoncé Lauren en faisant tournoyer son crayon entre ses doigts.

— Ce pourrait être le chien de monsieur Tarton, Peanut. Il enterre toujours des trucs dans la cour.

— Hum ! hum !

Lauren a écrit Peanut dans son cahier en ajoutant un gros numéro un à côté de son nom. Elle m'a demandé :

— Est-ce que Peanut a des contacts avec les livres ? Des témoins l'ont-ils déjà vu mâchouiller des livres ou quelque chose du genre ?

— Je ne sais pas.

Nous avons recommencé à réfléchir. La résolution de véritables crimes était un travail beaucoup plus exigeant que dans les romans policiers. Lauren a poursuivi :

— A-t-il déjà mordu quelqu'un ?

— Peanut ? Non, il est très gentil. En plus, c'est un chien saucisse, alors il mesure à peine quinze centimètres. Je ne crois pas qu'il puisse mordre grand-chose. Il va presque tous les jours au salon de coiffure avec madame Tarton, il n'est pas souvent dans le coin.

— Rappelle-toi ce que Nancy dit toujours : ce n'est pas parce que quelqu'un a l'air innocent qu'il l'est vraiment.

Lauren pointait son doigt vers moi. J'essayais d'imaginer Peanut en criminel endurci. Nous avons toutes les deux tenté de trouver un autre suspect. Notre quartier manquait cruellement de vilains personnages. J'ai donc proposé :

— Allons effectuer une opération de surveillance pour chercher des indices.

Une mission de surveillance nous apparaissait beaucoup plus amusante que la réflexion dans ma chambre. Nous avons arpenté le quartier et nous nous sommes retrouvées dans le parc qui donnait sur la cour des Tarton.

Peanut s'y promenait en jappant lorsque des oiseaux passaient dans le ciel. Ce petit chien affichait un optimisme sans borne. Nous nous sommes mises à quatre pattes pour nous approcher discrètement de la clôture afin de l'observer de plus près. S'il ne se savait pas épié, il était possible qu'il dévoile le repaire (ou le trou) secret où il avait caché le fameux livre.

Les feuilles bruissaient pendant que nous rampions et Lauren m'a regardée par-dessus son épaule, son visage exprimant clairement qu'elle souhaitait que je sois plus silencieuse. J'ai dû me retenir pour ne pas rire, car elle avait exactement la même expression que sa mère quand nous courions dans le couloir vers la chambre de Lauren et qu'elle nous disait en suppliant : « Baissez le volume, nous sommes dans une maison, pas dans une caravane. » Nous ne comprenions pas très bien ce que la caravane venait faire dans l'histoire, mais nous nous taisions aussitôt. La mère de Lauren n'était pas le genre de parent qui aime répéter deux fois la même chose. C'est là que c'est arrivé. En mettant la main sur une pile de feuilles brunes et humides, j'ai senti immédiatement une douleur intense dans la paume.

J'ai crié et j'ai relevé la main aussitôt. Peanut a hurlé et s'est précipité près de la clôture où nous nous trouvions en aboyant pour alerter ses maîtres. Un énorme clou était enfoncé dans la chair de ma main. Je savais que c'était grave, mais j'ai compris que c'était très grave quand j'ai vu le visage de Lauren. Ses yeux étaient exorbités et elle semblait prise de nausée. J'ai retiré le clou avec mon autre main et du sang a jailli, coulant sur mon poignet. J'étais horrifiée par tout ce sang, mon sang. J'ai crié :

— Oh non !

Lauren s'est débarrassée de l'un de ses souliers et a arraché sa chaussette. Elle a entouré ma blessure en pressant doucement. Je ne crois pas qu'il y ait de formation sur les pansements en forme de bas chez les scouts, mais son truc a fonctionné. Elle m'a rassurée :

— Ça va aller. Allons voir ta mère.

— Elle va être fâchée contre moi.

— Mais non.

— Si, elle le sera.

J'étais certaine que c'était ce qui se passerait. Je me suis mise à pleurer en duo avec les hurlements de Peanut. Je sentais une pulsion de douleur à chaque battement de mon cœur. Lauren a examiné le sol. Elle a donné un coup de pied pour éparpiller les feuilles, puis elle s'est pliée pour ramasser le clou. Sans hésitation, elle l'a enfoncé dans sa paume. Sa blessure n'était pas aussi profonde que la mienne, mais elle était plus longue et elle s'est mise à saigner instantanément. J'ai arrêté de pleurer et je l'ai regardée ; j'étais en état de choc. Elle m'a dit :

— On est dans le même bateau maintenant.

Elle a attrapé ma main et a pressé nos paumes l'une sur l'autre, séparées par la chaussette sanglante. Elle a annoncé gravement :

— Maintenant, nous sommes aussi des sœurs de sang. C'est mieux que des vraies sœurs, parce que nous le sommes par choix et non par la naissance. Tu ne dois pas t'inquiéter, je serai là pour toi. Je trouverai quelque chose à raconter à ta mère. Et un jour, toi aussi, tu feras quelque chose pour moi.

Je me souviens d'avoir pensé à ce moment-là que Lauren était la personne la plus extraordinaire du monde. J'étais convaincue qu'elle serait ma meilleure amie toute notre vie. Nous étions sœurs de sang, rien de moins ! En toute honnêteté, à cet âge-là, je pensais que les Pop-Tarts étaient le summum de la gastronomie. Il est donc évident que je n'étais pas une référence pour juger la qualité.

Ma mère nous a emmenées à l'urgence pour qu'on se fasse vacciner contre le tétanos. Lauren était assise à l'avant et racontait à ma mère une histoire compliquée pour expliquer comment nous avions pu nous transpercer la main toutes les deux en même temps. Ma mère ne semblait pas la croire, mais elle n'était pas fâchée non plus. Elle avait lavé nos mains à la maison et les avait enveloppées d'une serviette à vaisselle propre pour le trajet jusqu'à l'hôpital. J'espérais avoir des points de suture, parce que ça me donnerait de l'importance à l'école. J'étais assise à l'arrière, le bras relevé comme maman m'avait dit de le tenir. Ma mère a dû freiner brusquement pour éviter une voiture qui bloquait son chemin et le livre de bibliothèque perdu a glissé. Il était sous le siège avant.

Affaire résolue. Mais ce qui nous était arrivé à Lauren et à moi restait un mystère.

17

J'étais couchée sur mon lit. Je lançais une balle de tennis et je la rattrapais. Quel samedi soir excitant. Lauren ne semblait pas s'effondrer comme je l'avais espéré. Je ne cherchais pas à la rendre de mauvaise humeur. Je visais plutôt la destruction totale. J'ai roulé sur mon lit et j'ai parcouru ma liste de numéros de téléphone. J'ai cliqué sur celui de Kyla. Elle a répondu instantanément. J'ai lancé nonchalamment :

— Salut, comment ça va ? J'ai appris qu'il est arrivé quelque chose au centre commercial.

— Lauren a piqué une crise au milieu des restos. J'adore cette fille, mais parfois, elle exagère.

— Qu'est-ce qui est arrivé ?

— Lauren et Justin ont rompu.

En tentant de faire poindre une juste mesure de surprise dans mon ton, j'ai interrogé Kyla :

— Ah oui ? Était-elle bouleversée ? A-t-elle le cœur brisé ?

— Si on veut.

— Si on veut ? Ils sortaient ensemble depuis des siècles, non ?

— Oui. C'est peut-être ça, la raison. Elle en avait un peu marre. Elle semblait plus contrariée par le fait qu'il lui avait menti à propos de quelque chose que par leur rup-

104

ture. Lauren n'aime pas les gens qui ne font pas ce qu'ils doivent faire.

— Mais c'était quand même son petit ami. Je pensais qu'il était super important pour elle. Ne devrait-elle pas avoir le cœur en mille miettes ?

— Je ne sais pas. Peut-être qu'elle aime quelqu'un d'autre.

— Qui ?

— Aucune idée. Elle n'a jamais rien dit à propos de quelqu'un d'autre, mais elle ne parlait jamais de Justin avec enthousiasme non plus. C'était plutôt un accessoire, tu comprends ?

— Oui, ai-je marmonné.

Ces informations contrecarraient mon plan. Où était le plaisir de provoquer la rupture de Justin et de Lauren si ça lui était égal ? J'ai rongé le coin de mon ongle de pouce pendant une seconde. Kyla m'a demandé :

— Sors-tu avec nous ce soir ?

— Non, j'ai d'autres plans.

Je devinais que Kyla mourait d'envie de me demander quels étaient mes projets, mais qu'en le faisant, elle aurait avoué ne pas connaître tous les choix de sorties sociales en ce samedi soir. J'étais trop fatiguée pour endurer les caprices de la diva Lauren et j'avais besoin de temps pour trouver le moyen d'amorcer la phase suivante de mon plan, compte tenu de ces informations perturbantes concernant Justin. Je resterais à la maison, mais si Kyla pensait que j'avais mieux à faire, je n'allais pas dissiper ses illusions. Elle m'a demandé :

— Est-ce que je pourrais emprunter tes bottes pour le reste de la fin de semaine ? Je les cirerai avant de te les redonner.

— Bien sûr.

J'avais répondu distraitement, la phase suivante du plan occupait déjà toutes mes pensées. Kyla a crié :

— Tu es la plus géniale ! Je l'apprécie vraiment.

— Pas de problème. Si tu veux, tu peux les garder. Tu me laisseras te les emprunter de temps en temps.

Pendant une seconde, il y a eu un silence sur la ligne. Puis Kyla a débité en attachant tous les mots :

— Mon-Dieu-es-tu-sérieuse ? C'est-trop-fantastique. Tu-peux-les-prendre-n'importe-quand. Tu-n'as-qu'à-le-dire.

— Marché conclu. Je dois y aller maintenant.

Kyla a raccroché aussitôt, réfléchissant sûrement déjà aux vêtements qui iraient le mieux avec les bottes. J'ai fermé mon téléphone et je me suis étendue sur le lit.

Me venger concrètement s'avérait plus difficile que d'inscrire les étapes sur une feuille. En théorie, tout se déroulait conformément au plan. Les deux meilleures amies de Lauren la trouvaient de plus en plus exaspérante. La nouvelle et mystérieuse fille de New York – moi, en l'occurrence – était la cible de regards furtifs et de compliments flagrants de toutes les couches sociales estudiantines dans les couloirs, du moins jusqu'à maintenant. Le statut de Lauren au sommet de l'échelle sociale commençait à s'éroder. Elle était toujours là-haut, mais le socle où elle reposait était de plus en plus instable. Je savais que je n'aurais jamais volé littéralement son petit ami. Justin était trop traditionnel pour la tromper, mais j'avais trouvé un moyen de contourner ce problème. Je n'avais pas eu besoin de le voler, je n'avais eu qu'à faire croire à Lauren qu'elle n'était peut-être pas le centre de son univers. Elle n'aurait jamais risqué d'être abandonnée par lui. De quoi aurait-elle eu l'air ? Non, je savais que Lauren le quitterait la première et elle faisait ce que j'avais prévu. Sauf qu'elle semblait s'en moquer. Je croyais que ça se passerait différemment. Je n'imaginais pas la voir complètement dévastée, mais je m'attendais à une réaction plus passionnelle.

J'ai pris ma reliure à anneaux sous mon lit et j'en ai parcouru les pages. J'étais populaire, ses amies commençaient à m'aimer plus qu'elle, le couple de Lauren était défait, mais ce n'était pas suffisant. C'était loin de l'être. J'ai relu les deux autres objectifs sous le nom de Lauren. C'était le moment de passer à la deuxième étape.

18

Le reste de la soirée n'a été qu'une suite de frustrations. J'ai fait une liste de moyens pour que Lauren soit chassée de l'équipe de *cheerleading*. Je ne voulais pas me contenter d'un simple départ de sa part. Contrairement à la situation avec Justin, il fallait que ce soit clair qu'elle ne quittait pas l'équipe de son plein gré. La dimension de l'humiliation devait absolument être présente. J'ai ajouté cette liste de possibilités à mon plan :

1. Une blessure tragique de *cheerleading* causée par sa négligence (faire danser des pompons en état d'ébriété, est-ce illégal ?).
2. Une arrestation pour avoir pris des photos d'élèves du primaire en positions compromettantes.
3. Un acte très antisportif comme donner une raclée à la mascotte de l'école.
4. L'échec de tous ses cours (pourquoi ne pas la faire déclarer analphabète ?) afin qu'elle perde son droit de faire partie d'une équipe sportive.
5. Une participation à une vidéo olé olé de *cheerleaders*.

Aucune des options qui m'étaient venues à l'esprit n'était réalisable. Il fallait que je poursuive mes recherches.

J'ai décidé de lui rendre la vie misérable de façon générale jusqu'à ce que je trouve un meilleur plan.

Le dimanche matin, on pouvait compter sur la famille Wood pour se rendre à la messe, beau temps mauvais temps. Si le pire blizzard du siècle frappait Terrace, monsieur Wood achèterait un traîneau à chiens et entraînerait toute sa famille dans la tempête pour prouver leur volonté de faire partie du gratin de la société. Ils n'étaient pas particulièrement religieux : ils ne récitaient pas le bénédicité avant les repas et aucune statue de la Vierge ne décorait leur jardin. En fait, j'aurais parié que le saint préféré de Lauren était Judas, le patron des traîtres. Je n'ai jamais entendu les parents de Lauren mentionner Dieu, sauf quand sa mère répétait : « Pour l'amour de Dieu, baissez le volume de la télévision ! » Comme c'était le cas pour bien des choses que les Wood faisaient, ils allaient à l'église afin de bien paraître.

L'important dans cette histoire, c'est que je pouvais être certaine que la maison serait vide pendant au moins une heure. J'ai garé la voiture à quelques coins de rue de chez eux et j'ai attendu. Quand je les ai vus quitter la maison, je me suis empressée d'entrer dans le jardin, à l'arrière de la maison. J'ai attendu quelques minutes. C'était le premier élément de mon plan de vengeance qui – d'un point de vue strictement technique – était illégal.

La chambre du frère aîné de Lauren, Josh, était au rez-de-chaussée. Il était à l'université, mais j'espérais que sa fenêtre ne serait pas verrouillée. Il y a plusieurs années, quand Josh était au secondaire, il avait bricolé le loquet pour que la fenêtre semble verrouillée, mais qu'une bonne poussée suffise pour l'ouvrir. Il pouvait ainsi aller et venir à l'insu de ses parents. J'ai flâné dans le jardin d'un air nonchalant au cas où des voisins me verraient de chez eux.

La moustiquaire s'est enlevée sans difficulté. Je l'ai déposée par terre et j'ai jeté un coup d'œil autour. Ensuite, j'ai poussé la fenêtre. Elle a glissé facilement, c'était quasiment ridicule. J'ai attendu au cas où une alarme sonnerait ou un voisin crierait. Rien.

J'ai sauté en m'accrochant au rebord et j'ai glissé la moitié de mon corps à l'intérieur. Là où se trouvait le lit de Josh à l'époque, il y avait un bureau où j'ai atterri en faisant tomber une pile de documents sur le plancher.

— Merde.

Apparemment, lorsque Josh est parti à l'université, madame Wood a converti sa chambre. J'aurais cru qu'elle était le genre de mère qui conserve la chambre de son enfant en sanctuaire longtemps après son départ, mais à l'évidence, elle était plutôt du genre à transformer sa chambre en bureau. Je me suis demandé ce que Josh pensait de cette déco sur le thème des palmipèdes et du vert forêt. L'étagère était remplie de canards de bois de toutes sortes. J'avais l'impression qu'ils me lançaient des regards désespérés. J'ai dû me retenir pour ne pas les mettre dans mon sac afin de les libérer dans la nature. J'ai ramassé les documents sur le plancher en tentant de déterminer si je pouvais les remettre en ordre. Je n'y suis pas arrivée, j'ai donc refait une pile bien nette sur le bureau en priant pour que personne ne s'en aperçoive.

En me déplaçant dans la maison, j'ai constaté que madame Wood avait refait la décoration dans le style campagne anglaise : tissus imprimés et meubles exagérément rembourrés. Quelque chose dans ce décor me donnait envie d'éternuer, comme si j'étais allergique aux motifs floraux d'un goût douteux. Le mur de l'escalier faisait office de galerie pour les photos de famille. Un immense portrait de Lauren dans son uniforme de *cheerleader* trônait tout en haut. J'ai pris le temps d'incliner légèrement le cadre. J'aurais colorié ses dents avec un marqueur, mais j'aurais alors compromis mon passage incognito.

La chambre de Lauren était du même rose Barbie que dans notre enfance, mais le ciel de lit avait disparu, tout comme la plupart de ses toutous. Elle les a probablement jetés comme de vieilles chaussettes quand ils sont devenus inutiles. Avec le couvre-lit fleuri et les meubles d'un blanc patiné, on aurait dit que Laura Ashley avait vomi sur tout le décor. Je n'avais pas de temps à perdre. Lauren n'était peut-être pas attachée à Justin, mais son affection pour ses vêtements ne faisait aucun doute. J'ai ouvert la garde-robe pour prendre ses chaussures préférées. J'ai glissé la chaussure gauche dans mon sac. J'aimais bien l'imaginer en train de la chercher, tenant la chaussure orpheline et se disant que l'autre devait bien se trouver quelque part. J'ai fouillé un peu et j'ai pris quelques vêtements que je savais qu'elle aimait. Assise sur le lit et armée du découseur que j'avais apporté, je me suis mise au travail. Sur une blouse, j'ai desserré la couture de la manche droite. J'ai enlevé trois boutons sur une autre. J'ai défait l'ourlet d'une jambe de l'un de ses pantalons. Ce sont les jeans qui m'ont demandé le plus d'effort. J'ai coupé un fil sur trois de la couture des fesses.

J'ai jeté un coup d'œil au réveil sur la table de nuit. Le temps passait trop vite. Ils n'allaient pas tarder à revenir. Je me suis assise devant l'ordinateur de Lauren et j'ai remué la souris. L'ordinateur était en veille et s'est rallumé instantanément. Sur l'écran est apparue une rédaction que Lauren était en train de composer pour le cours de littérature. Sur le bureau, il y avait un DVD de *La Couleur pourpre*. On pouvait considérer que c'était de la triche. J'ai jeté un coup d'œil derrière moi, au cas où quelqu'un m'aurait épiée, et j'ai supprimé le document. Si elle voulait vraiment faire son travail sur le roman *La Couleur pourpre*, elle aurait dû lire le livre au lieu de se contenter du film. J'ai feuilleté les papiers sur son bureau, mais je n'ai rien trouvé qui aurait pu m'aider. J'ai ouvert ses tiroirs au hasard. Je me suis agenouillée pour passer ma main entre son matelas et son sommier. Quand nous étions petites, c'est là qu'elle cachait son journal intime des princesses de Disney. Soit qu'elle avait renoncé à tenir un journal, soit qu'elle avait trouvé une cachette digne de ce nom. J'ai cherché des indices qui auraient signalé qu'elle avait un amoureux secret. Si Justin n'était pas l'amour de sa vie, peut-être y avait-il quelqu'un d'autre. Mais les photos qui se trouvaient dans sa chambre montraient surtout la diva en personne, Bailey et Kyla.

Je me suis redressée et j'ai examiné la pièce. Qu'est-ce qui m'échappait? J'ai relu l'heure sur le réveil. Merde, la messe allait bientôt se terminer. J'ai fouillé dans mon sac et j'en ai sorti un Ziploc. J'ai vidé le thon que j'avais apporté dans le conduit du chauffage. Cela allait empester rapidement.

Je suis entrée ensuite dans sa salle de bains. Lauren semblait posséder toutes les crèmes et les potions sur le marché. J'ai pris sa bouteille de parfum: Clinique Happy. J'en ai aspergé mes poignets. J'ai effleuré des mains ses produits: ombres à paupières, crayons à lèvres, poudres compactes, rouges à lèvres, brillants à lèvres, lotions toniques, crèmes, autobronzants. J'ai finalement trouvé son mascara noir. J'ai aperçu mon visage dans le miroir. Mon sourire méchant me rappelait le grincheux du Dr Seuss. J'ai sorti de mon sac un brillant qui fait gonfler les lèvres. Ma mère déteste ce produit, parce qu'il contient de la capsaïcine; c'est ce qui fait enfler les lèvres. Elle m'a expliqué que la capsaïcine est extraite du poivre de Cayenne. J'ai sorti la brosse du tube de mascara de Lauren et je l'ai frottée avec le brillant à lèvres avant de remettre le tout en place. Victoire ! Il n'y a rien comme un peu de poivre de Cayenne dans l'œil pour faire sourire une fille.

J'ai pris mon temps pour quitter la maison. Je ne voulais pas laisser de traces. Chaque grain de poussière devait être à sa place. J'ai regardé par la fenêtre avant de l'escalader, la voie était libre. La fenêtre a glissé et s'est fermée avec un clic des plus satisfaisants. J'ai fait de mon mieux pour marcher lentement jusqu'à la voiture, mais c'était pratiquement impossible de ne pas gambader.

J'avais hâte que lundi arrive...

19

Avant le début des cours, quand il faisait beau, les élèves populaires se réunissaient près de l'escalier à l'arrière de l'école. Aucun panneau ne le précisait, mais cette zone était réservée à l'élite de l'échelle sociale. De la même manière, le petit boisé au bout du stationnement appartenait aux toxicos qui y fumaient de l'herbe en s'imaginant que personne ne les voyait. Le lundi matin, j'étais assise avec Bailey et Kyla sur les marches de ciment glacées. Nous sirotions notre café Starbucks en nous racontant notre fin de semaine. J'ai vu Lauren la première. Elle arrivait du stationnement et marchait lentement vers la porte.

— Est-ce que ça va ? a demandé Bailey en la voyant.

À l'évidence, Lauren n'allait pas bien du tout. Ses yeux étaient rouges et enflés. Poivre de Cayenne dans le mascara : un ; Lauren Wood : zéro. Lauren a répliqué :

— Je sais qu'il est encore tôt, mais sers-toi de ton cerveau. Est-ce que j'ai l'air de bien aller ?

Bailey a fermé la bouche si vivement que j'ai entendu ses dents se heurter. En essayant de trouver un niveau convenable de sympathie, j'ai dit :

— J'ai su pour toi et Justin. J'imagine que cette rupture t'a affectée plus que tu ne l'imaginais.

Lauren a serré les lèvres jusqu'à ce qu'elles disparaissent avant de répondre :

— Je n'ai pas pleuré. C'est une espèce de réaction allergique.

Lauren a reniflé pour prouver sa théorie. Bailey l'a soutenue :

— Bien sûr, il y a toutes sortes de pollens bizarres en automne.

Les narines de Lauren ont frémi. Elle a regardé autour d'elle pour voir combien de personnes nous écoutaient. Pour une fois, elle n'avait pas envie d'être le centre de l'attention. J'ai dit :

— Tu devrais te faire examiner. C'est peut-être le zona.

— Es-tu en train de dire que j'ai une maladie ?

J'ai porté ma main au cœur comme si son attaque m'avait choquée et j'ai répondu :

— Je ne parlais pas d'une infection transmissible sexuellement. Le zona, c'est comme la varicelle. C'est peut-être une conjonctivite aussi.

— Laisse tomber, a dit Lauren en s'essuyant les yeux.

— Veux-tu un peu de *latte* ? a proposé Bailey.

— Le *latte* est un café au lait, Bailey. Réfléchis un peu.

— Je suis désolée.

— Tu es désolée d'être stupide ou de m'avoir offert du café au lait ? a demandé Lauren d'un ton hargneux.

La lèvre inférieure de Bailey s'est mise à trembler et ses yeux sont devenus aussi humides que ceux de Lauren.

— Quelqu'un s'est levé du pied gauche.

La voix venait de la gauche de Lauren et nous nous sommes tournées pour voir de qui il s'agissait. Je ne l'avais jamais vu avant, car je l'aurais sûrement remarqué. Il était grand et maigre, ses cheveux noirs étaient bouclés. Sa lèvre inférieure était plus charnue que la lèvre supérieure, ce qui lui donnait une moue sensuelle. Ses jeans étaient délavés et semblaient aussi doux que de la flanelle – et je ne me serais pas fait prier pour y toucher ! En replaçant ses cheveux, d'une voix soudainement enjouée, Lauren a répondu :

— Bailey sait que je plaisante.

Le joli garçon a tourné la tête vers Bailey qui fixait encore ses chaussures et il a dit à Lauren :

— Tu as un sens de l'humour particulier.

J'ai commencé à ricaner, mais j'ai réussi à camoufler ma réaction en toussant. Lauren a pris la pose en sortant une hanche et elle a rétorqué :

— Ne sois pas méchant. Tu devrais me connaître maintenant. J'aime bien taquiner.

— C'est ce qu'on dit, a répondu le jeune homme mystérieux.

Bailey a levé les yeux vers lui en souriant et il lui a fait un clin d'œil. Il a ensuite regardé Lauren de plus près et il a dit en reculant légèrement :

— Tu devrais cesser de boire autant.

— C'est une espèce de réaction allergique.

— J'espère qu'elle aura disparu pour les auditions. Personne n'a envie de voir une Eliza Doolittle qui ressemble à une junky.

— Tout ira bien, a répondu Lauren. J'ai entendu dire que tu veux filmer toute la production.

— C'est un projet de recherche indépendant, je réalise un documentaire.

— Génial, ai-je dit.

Il a haussé les épaules et s'est approché des escaliers. Il m'a observée de haut en bas et le coin de sa bouche a esquissé un sourire quand il m'a dit :

— Joli T-shirt.

Nos yeux se sont croisés. Avec son regard sur moi, j'étais incapable de me rappeler ce que je portais. J'étais trop absorbée dans un fantasme où lui et moi ne portions presque rien. J'ai jeté un coup d'œil à mon T-shirt. Il y avait l'affiche du *Magicien d'Oz* de 1949. J'ai fixé le visage de Judy Garland pour trouver quelque chose d'intelligent à dire, mais je n'ai pu que bredouiller :

— Merci.

— Quel personnage es-tu ?

— Dorothée, j'imagine. Une fille étrange dans un lieu étrange.

Il m'a dévisagée longuement, penchant sa tête d'un côté puis de l'autre. Il a finalement dit :

— Non, Dorothée ne te convient pas. Je crois que tu es plus complexe. Je penche pour le lion : un fanfaron au cœur tendre. On se reverra sûrement à Oz, la lionne.

Il est passé à côté de nous pour monter les escaliers. Je l'ai suivi des yeux jusqu'à ce qu'il soit entré. Je me suis tournée vers les filles :

— Mais qui est-ce ?

— C'est Christopher Morgan, a dit Kyla. Le rebelle officiel de l'école Lincoln.

— Ne te fais pas d'idée. Il ne sort jamais avec des filles de l'école, a ajouté Lauren. Il est totalement absorbé par son art. Contrairement à d'autres personnes ici, c'est un véritable artiste.

— Qu'est-ce qui te fait croire que je veux sortir avec lui ?

— À part le fait que ta langue pendait pendant que tu lui parlais ? a dit Lauren en reniflant. En tout cas, Chris deviendra probablement un grand cinéaste.

— Il est gentil, a mentionné Bailey.

— Tu trouves tout le monde gentil, a grogné Lauren.

Lauren s'est assise lourdement à côté de Kyla. Elle a observé Bailey qui avait recommencé à fixer ses chaussures en se mordant la lèvre. Lauren s'est expliquée :

— Ne m'en veux pas. J'ai eu un matin pourri. Ma journée était déjà merdique avant que le truc dans mes yeux apparaisse. Je me suis habillée, mais je n'arrivais pas à trouver une de mes chaussures. J'ai dû me changer. Ensuite, il manquait un bouton à ma nouvelle blouse. J'ai dû encore me changer. C'était un vrai cauchemar. D'ailleurs, tu me connais, je dis des trucs...

— Je ne suis pas stupide, a dit Bailey.

Lauren a levé les yeux au ciel et a répliqué, s'adressant à Kyla :

— Bien sûr, tu n'es pas stupide.

La première cloche du matin a sonné et tous les élèves se sont dirigés vers la porte. Lauren a commencé à ramasser ses affaires.

— Je vais à la salle de bains pour essayer de faire quelque chose avec mon visage, a-t-elle lancé.

— Je vous rejoins au cours d'espagnol, a ajouté Kyla. Je dois apporter le médicament de mon frère à l'infirmière de l'école.

Bailey a salué Kyla. Je suis restée assise pour observer Lauren. La couture à l'arrière de ses jeans était en train de s'ouvrir. Tandis qu'elle montait les marches, on voyait un petit bout de son string rose vif et une large portion de sa chair blanche. Bailey a écarquillé les yeux et a crié :

— Lauren !

Lauren s'est retournée et j'ai serré le bras de Bailey pour l'arrêter. Ses sourcils froncés témoignaient de sa confusion.

— Quoi ? a demandé Lauren en mettant une main sur sa hanche.

J'ai pris la parole :

— Rien. On voulait te dire qu'on te garde une place au dîner.

— O.K. Comme vous voulez.

Lauren a replacé ses cheveux pour la ixième fois et a gravi l'escalier, un kaléidoscope rose et blanc décorant les fesses de ses pantalons. Bailey a attendu qu'elle disparaisse et m'a fixée pour que je lui donne une explication :

— Elle doit déjà le savoir. Après tout, il faudrait être stupide pour ne pas s'apercevoir qu'on a un gros trou dans ses jeans.

J'ai gardé un air sérieux. Je voyais les rouages du cerveau de Bailey s'ébranler dans ses yeux.

Je prenais un risque calculé. Bailey était probablement la personne la plus gentille au monde. Avec ses longs cheveux blonds, ses yeux bleus et son regard à la Mary Poppins, c'était possible qu'elle voie en moi une vilaine fille qui souhaite que Lauren soit embarrassée devant toute l'école. Elle pourrait courir derrière Lauren pour l'empêcher d'aller plus loin. Elle pourrait même lui avouer que j'étais prête à la laisser se promener les fesses à l'air dans l'école. D'un autre côté, peut-être – je dis bien peut-être – qu'une partie d'elle-même en avait assez des conneries de Lauren. Était-ce possible que Lauren réussisse à pousser la douce Mary Poppins à collaborer à ma mission malfaisante ?

Les lèvres de Bailey ont frémi et un sourire timide est apparu sur son visage. Elle a jeté un coup d'œil de mon côté puis vers la porte. Ensuite, elle a esquissé un magnifique sourire en me prenant le bras et elle m'a dit :

— Alors, allons au cours d'espagnol.

— Bien sûr ! Je vous accompagne avec grand plaisir.

Je lui ai rendu son sourire. Nous avons marché côte à côte dans le couloir. Le fait que Lauren puisse pousser le clone de Mary Poppins à lui vouloir du mal en disait beaucoup sur elle. Je suis passée à un autre sujet :

— Maintenant, raconte-moi tout ce que tu sais sur ce Christopher. Est-il vraiment si gentil ?

20

Brenda est pratiquement entrée en dansant dans le local de biologie. Son nouveau style lui allait à merveille. Ses cheveux étaient impeccables et elle portait sa nouvelle chemise blanche avec des pantalons étroits noirs et des ballerines. Même sa démarche s'était améliorée. Elle a paru surprise de me voir à sa table de laboratoire. Elle a haussé un sourcil en signe d'interrogation et a ralenti le pas. Je lui ai expliqué :

— J'ai demandé à Melvin de changer de place. Veux-tu qu'on soit partenaires de laboratoire ?

— Je ne sais pas. Melvin est un génie avec un bec Bunsen. De plus, les élèves nous verront ensemble. Est-ce que ta réputation y survivra ?

Je n'ai rien répondu. Je lui ai plutôt donné un dessin au fusain que j'avais fait pendant la fin de semaine. Au cas où elle ne le reconnaîtrait pas, j'ai précisé :

— C'est Einstein.

Brenda a examiné le dessin et m'a dit :

— Merci. Tu es très douée.

J'ai haussé les épaules. Je ne sais jamais quoi dire quand les gens me complimentent sur mes dessins. J'étais contente que Brenda ne me demande pas de retourner à mon ancienne place. Je l'aimais malgré moi et en étant partenaires de laboratoire, nous aurions une bonne raison pour passer du temps ensemble sans entacher ma réputation. Avec son nouveau style, elle était très convenable. De plus, traditionnellement, des élèves populaires deviennent souvent amis avec des bollés quand des notes sont en jeu.

— Belle coiffure !

Une fille avait lancé le compliment en passant à côté de nous pour se rendre à l'armoire de fournitures. Brenda a rougi et a murmuré des remerciements. J'ai réagi en me croisant les bras :

— J'en déduis que ton nouveau style fait effet. Je n'étais peut-être pas dans le champ quand je disais que l'apparence compte.

Brenda a haussé les épaules et a sorti ses livres de son sac. Je pouvais deviner un début de sourire sur son visage. Elle a dit :

— Je ne crois pas que ce soit une révélation divine d'admettre que les gens sont obsédés par les apparences.

— Non, ce qui est une révélation divine, c'est que tu t'y intéresses.

— C'est une expérience.

— Tout pour la science !

Monsieur Wong, notre professeur de biologie, a tapé sur son bureau pour attirer notre attention. Il nous a présenté un projet. Nous devions récolter des échantillons sur différentes surfaces dans l'école pour découvrir la quantité de bactéries qui proliféraient dans l'édifice. Nous devions écrire nos hypothèses et laisser le magma cellulaire recueilli dans une boîte de Pétri pendant quelques semaines pour observer ce qui allait apparaître. Qui a dit que les sciences ne sont pas amusantes ?

Brenda a longuement réfléchi à l'endroit où recueillir nos échantillons. Elle pourrait facilement devenir inspectrice pour le département de santé publique ; elle prenait les bactéries très au sérieux. Elle m'a expliqué sa théorie :

— Je crois que nous devrions prendre un échantillon dans les toilettes et un autre sur une table de la cafétéria. L'hypothèse est qu'il y aura plus de bactéries dans les toilettes, mais je suis prête à parier que c'est le contraire. As-tu déjà vu comment ils lavent les tables ? Ils se servent toujours du même chiffon et du même seau qui doit sûrement être une décharge de maladies à ciel ouvert.

Elle se mordait la lèvre en réfléchissant au concept. J'ai répliqué :

— Il n'y a rien comme l'image d'une décharge de bactéries pour me mettre en appétit.

Pendant que nous nous dirigions vers la cafétéria, j'ai eu une idée :

— On devrait prendre un échantillon dans les toilettes des garçons et un dans celles des filles, en plus de celui de la cafétéria.

— C'est une bonne idée, a dit Brenda d'un air surpris.

— Quoi ? C'est possible d'avoir du style *et* un cerveau. Et toi qui étais fâchée contre ceux qui jugent les autres par leur apparence ! L'habit ne fait pas le moine, tu sauras.

La récolte des échantillons dans la cafétéria et les toilettes des filles n'a posé aucun problème. Il en restait un, et non le moindre, à se procurer. Une fois devant les toilettes des garçons, Brenda a proposé :

— Tu devrais entrer pour le prendre. Je resterai dehors pour m'assurer que personne n'entre.

— C'est toi, la scientifique. Tu devrais y aller. Considère que ce sont des travaux sur le terrain. Tu seras la Jane Goodall des toilettes pour hommes.

Nous avons regardé des deux côtés du corridor et j'ai poursuivi :

— Bon, je vais le faire, mais tu viens avec moi. On n'a pas toute la journée.

J'ai ouvert la porte et j'ai tiré Brenda vers l'intérieur par le poignet.

— Ça ressemble aux nôtres, a-t-elle dit d'un ton surpris.

— À quoi t'attendais-tu ? À des boiseries et à des têtes d'animaux exposées sur les murs ?

Brenda s'est approchée du mur des cabines et a commencé à lire ce qui y était écrit. Elle a froncé le nez en disant :

— C'est dégoûtant.

— En effet. Les murs des toilettes abritent les œuvres des plus grands poètes. C'est étonnant le nombre de mots qui riment avec pet. Où veux-tu qu'on prenne l'échantillon ?

— Par terre, près d'une toilette. Ce doit être au même endroit que dans la salle de bains des filles ; comme ça, on pourra les comparer.

— D'accord. Je prends l'échantillon. Reste près de la porte et fredonne quelque chose pour que personne n'entre.

J'ai poussé la porte de la cabine et j'ai jeté un coup d'œil rapide derrière moi. Brenda était près de la porte. J'ai sorti précipitamment un marqueur et j'ai écrit sur le mur : LAUREN WOOD COUCHE. J'ai réfléchi un moment. Cela pourrait-il être considéré comme un atout ? Aurais-je dû écrire LAUREN WOOD EST FRIGIDE ? Quelle serait l'insulte suprême pour elle ? C'est là que j'ai eu une illumination. J'ai ajouté : MAIS ON S'EN FOUT.

Quand je me suis agenouillée pour recueillir l'échantillon, Brenda s'est mise à chanter pour effrayer les utilisateurs potentiels des toilettes. Sa voix était cristalline et forte, amplifiée par les murs de céramique. J'ai cessé de penser à ma vengeance et aux échantillons biologiques. Je suis sortie pour l'observer. Elle était adossée au lavabo comme si chanter était tout naturel. Je ne connaissais pas la chanson. C'était une complainte triste et mélancolique, mais quelque chose dans la voix de Brenda était réconfortant. Elle s'est retournée et a vu que je l'observais :

— Quoi ?

— Qu'est-ce que tu fais ? ai-je demandé.

— Tu m'as dit de chanter.

Le visage de Brenda s'est empourpré. Quelle innocence ! Elle avait l'air coupable, alors qu'elle n'avait rien fait de mal. J'ai expliqué :

— C'était formidable. Qu'est-ce que c'était ?

— C'est une chanson folklorique irlandaise.

— Tu chantes vraiment bien.

— Je chante à l'église. Je fais partie de la chorale depuis quelques années.

J'ai fait un geste de la main empreint de dédain et j'ai dit :

— Oublie l'église, tu devrais chanter à la radio. Tu devrais participer à *American Idol* ou à une autre émission du genre.

Brenda a haussé un sourcil et je me suis calmée :

— Peut-être qu'*American Idol* n'est pas l'idée du siècle dans ton cas, mais je ne blague pas. Tu chantes vraiment bien.

— Merci. Pourquoi es-tu aussi surprise ?

— Je ne sais pas. Je ne m'attendais pas à ça. Si tu avais mémorisé le tableau périodique au complet, j'aurais trouvé ça formidable, mais pas surprenant. Tu es une fille mystérieuse, ça ne fait aucun doute.

— As-tu l'échantillon ?

Je lui ai montré l'écouvillon et Brenda a recouvert le bout avec le protecteur de plastique pour préserver nos bactéries soigneusement récoltées. Elle a étalé en éventail les trois écouvillons et les a examinés soigneusement comme si elle pouvait voir les créatures microscopiques se multiplier sur le coton. Elle avait un air très satisfait. Elle a proposé :

— Quand on les aura bien examinées au microscope, on pourra les dessiner. Toi, le gourou des arts, tu pourrais faire des esquisses en couleurs.

— Eh bien, avec tout ce plaisir qui nous attend, je crois que Melvin sera très frustré de ne plus être ton partenaire de laboratoire.

Brenda a esquissé un petit sourire narquois et a ouvert la porte à la volée pour retourner dans la classe de monsieur Wong. L'idée m'est venue tout d'un coup. C'était si parfait que j'en ai eu le souffle coupé.

La porte s'est fermée derrière Brenda. Je suis restée là, à la fixer, en tentant de retrouver une respiration normale. La porte s'est rouverte et Brenda a dit en avançant la tête :

— Comptes-tu rester là toute la journée ?

Je suis sortie dans le couloir pour la rattraper et je lui ai demandé :

— Brenda, as-tu déjà songé à auditionner pour la pièce de l'école ? Avec une voix comme la tienne, tu pourrais décrocher le rôle principal.

21

Lauren n'est pas venue au dîner. Apparemment, personne ne lui a mentionné le trou dans ses jeans avant la troisième période. Pour ma part, cela prouvait que je n'étais pas la seule qui ne pouvait pas la sentir. Lauren était retournée chez elle pour se changer. Kyla riait en racontant l'anecdote, mais nous avons ensuite convenu que ce n'était pas vraiment drôle, que nous n'avions pas ri d'elle, mais avec elle.

J'ai quitté plus tôt la cafétéria pour aller voir madame Herbaut, l'enseignante en art dramatique. Selon la rumeur, madame H était sur le point d'accéder à la célébrité sur les planches quand elle a tout abandonné pour s'installer au milieu de nulle part – c'est-à-dire au Michigan – pour épouser son grand amour. Bien que cette histoire ait une touche romantique indéniable, j'étais sceptique. Mon intuition me disait plutôt qu'elle en avait eu marre de vivre dans un minuscule appartement délabré, d'être serveuse et de courir d'une audition à l'autre où, avec de la chance, elle pouvait espérer décrocher le rôle de « paysanne numéro deux » dans une pièce de Shakespeare jouée en banlieue de Broadway.

Le bureau de madame Herbaut se trouvait près de l'auditorium. Elle avait décoré les murs d'affiches de théâtre et de ces « posters » assommants de chatons où est inscrit le message « Tiens bon ». Les adultes croient-ils vraiment que si nous touchons le fond du baril, prêts à nous jeter du pont le plus proche, la vue d'un mignon chaton nous fera changer d'avis ? Sauvé par le chaton aux grands yeux ! Pour ma part, je ne voulais pas me contenter de tenir bon.

Madame Herbaut n'était pas dans son bureau même si elle aurait dû y être selon son horaire. Je me suis approchée du grand babillard au fond du local. Elle avait punaisé des photos du film *My Fair Lady* ainsi que les paroles des chansons. Au centre du babillard se trouvaient les informations sur les auditions. J'ai arraché une page d'un de mes cahiers et j'ai pris quelques notes. Brenda n'était pas chaude à l'idée, mais je ne m'avouais pas vaincue.

— Alors, la lionne, on se retrouve. Que fais-tu aussi loin de la route de briques jaunes ?

J'ai fait demi-tour. Christopher, le joli garçon du matin, était appuyé sur le cadre de la porte. J'ai senti ma langue s'assécher et j'ai dû avaler pour retrouver un peu de salive.

— Je m'appelle Claire.

— Claire la poltronne.

— La courageuse.

J'avais répliqué rapidement. Il a esquissé un sourire et mon estomac est tombé en chute libre. Il m'a demandé :

— Que fait une New-Yorkaise dans ce bled perdu ?

— Comment sais-tu que je viens de New York ?

— Je me suis renseigné sur toi.

Il s'est approché et j'ai senti mon cœur s'emballer. Il battait dans ma poitrine comme si je piquais un sprint dans une pente abrupte. J'ai demandé :

— Qu'as-tu découvert d'autre ?

— Pas grand-chose. As-tu l'intention d'auditionner ? a-t-il dit en montrant le babillard.

— Je préfère travailler dans l'ombre. Je suis venue demander à madame Herbaut si je pouvais m'occuper de la régie.

— Alors, tu préfères le pouvoir derrière le trône.

J'ai émis un ricanement si aigu qu'on aurait dit que j'avais respiré de l'hélium. Je me suis éclairci la voix et j'ai essayé d'articuler une phrase intelligente :

— J'ai entendu dire que tu es cinéaste. Ça m'étonne que tu t'intéresses à la pièce de l'école.

— Donc, toi aussi, tu t'es renseignée sur moi.

Son sourire s'est épanoui et il a poursuivi :

— Je fais un court-métrage documentaire sur la pièce, une sorte de fiction-derrière-la-fiction. Je veux devenir réalisateur.

— Aimes-tu Hitchcock ?

J'avais posé la question en espérant de tout cœur qu'il ne réponde pas : « Hitchcock qui ? » Le visage de Christopher s'est illuminé :

— J'adore Hitchcock. C'était un grand maître. *L'Inconnu du Nord-Express*, quelle œuvre brillante !

— J'adore les vêtements dans ces vieux films en noir et blanc.

— Les vieux films sont endormants, a dit quelqu'un derrière nous.

Nous nous sommes retournés en même temps pour apercevoir Lauren qui portait une nouvelle paire de jeans.

Elle s'est rapprochée de Christopher et m'a regardée en fronçant le nez. Ses yeux étaient moins bouffis, mais toujours rouges. Christopher m'a demandé :

— As-tu un film préféré d'Hitchcock ?

— *Sueurs froides*, haut la main. Il n'a pas connu beaucoup de succès à sa sortie, mais c'est sans contredit l'un de ses meilleurs films.

— Certains critiques disent que c'est l'un des meilleurs films de l'histoire du cinéma, a ajouté Christopher sur un ton approbateur.

— Savais-tu que le tournage en extérieur n'a duré que seize jours ? ai-je ajouté.

— C'est intéressant. Je l'ignorais.

Christopher avait posé ses yeux sur moi. Agréablement surprise, j'ai répliqué :

— Il y a quelque chose derrière ce joli minois.

Christopher a ouvert la bouche pour répondre, mais Lauren l'en a empêché en disant :

— Je croyais que tu ne voulais pas auditionner pour la pièce.

Le milieu de son visage était encore tout plissé, comme si une mauvaise odeur flottait dans l'air. Elle a fait un pas vers l'avant ; on aurait dit qu'elle voulait se servir de son corps comme barrière entre lui et moi. Je lui ai répondu :

— Tu as tellement vanté ce projet que j'ai décidé de donner un coup de main.

— Oh !

Lauren a accueilli la nouvelle avec le même niveau d'excitation que d'autres personnes démontrent en apprenant qu'elles devront subir un traitement de canal chez le dentiste. Ses narines n'arrêtaient pas de frémir. Aussi subtile qu'une caricature.

— Alors, tu aimes les vieux films..., a dit Lauren en me fixant étrangement.

Oh, zut ! Helen aimait les vieux films. Claire devait être une personne complètement différente. Ma tentative pour impressionner Christopher allait se retourner contre moi. J'ai balancé :

— Non, c'est-à-dire oui, en quelque sorte. J'aime les films en général, mais un de mes ex-petits amis étudiait le cinéma à New York. C'était à prendre ou à laisser.

— Oh, a fait Christopher d'un ton désappointé. Moi qui croyais avoir rencontré mon âme sœur.

J'ai haussé les épaules en souhaitant qu'un autobus passe devant moi pour que je puisse me jeter sous les roues. J'ai seulement dit :

— Désolée.

— Alors, au revoir, la lionne.

Christopher a souri rapidement à Lauren et il est sorti. Il ne marchait pas comme les simples mortels, il y avait quelque chose de félin dans sa démarche. Lauren l'a interpellé :

— Vas-tu au gymnase ?

Christopher a acquiescé et Lauren a ajouté :

— Je vais y aller avec toi. Je voulais poser une question à madame H, mais tu peux peut-être m'aider.

Lauren dévisageait Christopher et sa figure était un livre ouvert. Elle était folle de lui. Elle était maladivement folle de lui. Une folie digne d'un numéro chantant d'animaux de Disney. Christopher représentait tout ce que la mère de Lauren détestait : une famille vivant du mauvais côté de la voie ferrée, une boucle d'oreille, des cheveux trop longs et un plan de carrière où ne figuraient ni les complets ni les salaires indécemment élevés. Même si tout les opposait, c'était clair dans son regard que Lauren était éperdument amoureuse de lui. Cela expliquait sa réaction à la rupture avec Justin. Elle croyait peut-être qu'il était temps d'oublier toute prudence pour se jeter dans les bras de Christopher.

Faire en sorte de m'attirer les faveurs de Christopher pour l'éloigner d'elle n'allait même pas me demander d'effort. En fait, ce n'était plus de la vengeance, mais un service public. Un garçon aussi formidable ne devrait jamais être avec une fille aussi diabolique.

22

Grand-maman examinait la carcasse à demi cuite. En la piquant avec une fourchette, elle m'a demandé :

— Penses-tu que les oignons sont en train de caraméliser ? Je ne les trouve pas caramélisés du tout, ils m'ont l'air trop cuits.

J'ai jeté un coup d'œil au poulet qui trônait sur un lit de citron, de fenouil et d'oignons. Elle n'avait pas besoin de mon opinion ; ma grand-mère pouvait cuisiner un mets gastronomique avec une carotte ramollie retrouvée au fond du frigo, une tranche de pain et une épice inusitée comme des graines de coriandre. Elle a tranché :

— La recette demande trop de bouillon. Les oignons sont en train de bouillir, ils flottent littéralement.

Elle hochait la tête devant cette tragédie. J'ai soupiré. Ses conseils sur la cuisson du poulet entraient par une oreille et sortaient par l'autre. Elle s'est tournée vers moi :

— Je suis désolée. Redis-moi quel est le problème.

— Mon amie Brenda ne veut pas auditionner pour la pièce.

— Peut-être qu'elle n'aime pas l'art dramatique.

— C'est vrai qu'elle n'aime pas être à l'avant-scène. C'est plutôt un rat de bibliothèque et de laboratoire.

— Voilà, tu as ta réponse.

Grand-maman a vidé une partie du bouillon et du gras de poulet dans l'évier en disant :

— Si elle ne veut pas le faire, pourquoi est-ce que ça t'ennuie ? Ce n'est pas parce que tu participes à la pièce qu'elle doit en faire autant. Des amis peuvent avoir des intérêts différents.

J'ai levé les yeux au ciel. Habituellement, ma grand-mère était très douée pour donner des conseils, mais de temps en temps, surtout quand elle écoutait trop d'émissions d'Oprah Winfrey, ses suggestions devenaient franchement ringardes. Je ne pouvais pas lui expliquer la véritable raison qui me poussait à convaincre Brenda d'auditionner. Grand-maman était maintenant exclue du plan de vengeance. Je lui ai expliqué :

— Ça n'a rien à voir, je peux très bien participer à la pièce seule. Mais je crois qu'elle serait très bonne. C'est du gaspillage d'avoir un tel talent et de ne pas en profiter.

— Contrairement à toi et à ton talent en dessin.

J'ai soupiré une fois de plus. Grand-maman était constamment sur mon dos pour que je monte un portfolio pour mes demandes d'inscription en arts à l'université. J'aimais bien dessiner, mais je détestais l'idée que des gens allaient examiner mes dessins bien présentés entre des feuilles de plastique pour déterminer si j'étais assez douée pour être acceptée. Je n'étais même pas certaine de vouloir aller à l'université, ce qui n'était pas un problème pour mes parents qui voulaient surtout que « je me trouve ». Mais ma grand-mère n'en démordait pas, une éducation universitaire était de la plus haute importance pour elle.

Grand-maman a toujours été la personne la plus saine d'esprit de la famille. Elle a toujours habité au même endroit au lieu de passer d'un appartement à l'autre. Elle n'oubliait jamais de payer ses taxes foncières et on n'avait aucune chance de la prendre en flagrant délit dans son jardin, la nuit, en train de chanter pour la lune. J'appréciais énormément que sa lingerie soit remplie de serviettes et de draps, contrairement à celle de ma mère qui y faisait sécher toutes sortes de plantes et d'herbes. Petite, j'adorais la visiter parce que sa maison me paraissait être exactement comme une maison devait être. Mais en vivant avec elle, je découvrais l'envers de la médaille. Grand-maman était stricte sur les heures de repas et de coucher. Mes parents ne m'avaient jamais obligée à me coucher à une heure précise, parce qu'ils croyaient que pour apprendre à être responsable, il me fallait être libre. Grand-maman était plutôt adepte du principe « rentre avant minuit, Cendrillon, ou tu te transformeras en citrouille ». Elle n'était pas une fervente partisane du « vivre et laisser vivre ». Elle voulait que je réfléchisse à mon avenir. Elle était à la limite du radotage sur le sujet de l'université. Elle a suggéré :

— Tu ne peux pas convaincre quelqu'un de faire quelque chose qu'il n'a pas envie de faire. Tu peux seulement lui faire voir ce qu'il pourrait en retirer. Il ne s'agit pas d'expliquer pourquoi il devrait le faire, mais ce qui pourrait l'attirer.

Elle a écarté ses cheveux de ses yeux et j'ai éclaté de rire.

— Qu'est-ce qui est si drôle ? a-t-elle demandé.

Il devait y avoir de la graisse de poulet sur ses mains parce qu'on aurait dit qu'elle ne s'était pas lavé les cheveux depuis des mois. J'ai montré sa tête du doigt et elle a juré quand elle a senti la graisse.

L'inspiration m'est alors venue. J'ai remis le poulet au four pendant qu'elle allait se nettoyer. J'ai fredonné un petit air de victoire. Grand-maman m'aidait encore pour mon plan de vengeance, mais sans s'en rendre compte.

23

Brenda prenait soin de nos bactéries avec plus d'amour et d'affection que certains parents n'en manifestent à leur progéniture. Elle se glissait même au labo entre les cours pour leur roucouler des encouragements afin de favoriser leur croissance. Nous avions divisé chaque échantillon entre deux boîtes de Pétri, mais l'un des échantillons de la salle de bains des filles avait rendu l'âme en deux jours. Nous ne savions pas ce qui était arrivé, et la détresse de Brenda faisait peine à voir. Elle craignait que notre recherche soit anéantie. Je lui ai rappelé que nous ne cherchions pas un remède pour guérir le cancer et qu'il était contre nature d'être bouleversé par la mort de bactéries. Je n'aurais pas été surprise d'apprendre qu'elle avait organisé une cérémonie à leur mémoire avant de les jeter à la poubelle.

Une semaine après avoir recueilli nos échantillons, nous étions chez Brenda pour rédiger notre rapport. Elle était assise devant son ordinateur, aussi sérieuse qu'une déléguée de l'ONU. Elle examinait les esquisses que j'avais faites pour notre projet. J'étais allongée sur le sol pour étudier – en théorie – en vue de notre examen. Il y a tout de même une limite à la quantité d'informations que je peux absorber à propos de la durée de vie des bactéries et des virus.

Dans ma tête, je revoyais ma petite victoire de la journée. Pendant que Lauren était à son cours d'éducation physique, j'ai versé de l'huile d'olive dans son fixatif. Connaissant son penchant pour l'utilisation excessive de produits de beauté, je n'ai pas été surprise de constater plus tard que ses cheveux étaient si graisseux qu'ils avaient repoussé l'eau de sa deuxième douche. Elle avait tenté tant bien que mal de les relaver après avoir mis le faux fixatif, mais elle n'avait pas réussi à tout enlever. Si bien qu'ils pendaient en touffes grasses. Elle a donc terminé la journée avec un look de sans-abri et une odeur de restaurant italien.

— Je crois que la couleur ne fonctionne pas.

La remarque marmonnée par Brenda avait mis un terme à mes pensées heureuses. Elle examinait mon dessin de près, puis de loin. Elle a ajouté :

— Je crois qu'elles sont trop roses.

J'ai roulé sur moi-même pour m'asseoir et je me suis approchée d'elle. J'ai demandé :

— Qu'est-ce qui cloche ? Ce sont de charmantes bactéries. As-tu vu ce que j'ai fait avec leur queue ? C'est chic, non ?

— Leur queue ! s'est insurgée Brenda en haussant un sourcil. « Flagelle » est le terme que tu cherches.

— C'est ça.

J'ai observé Brenda qui faisait défiler les diverses teintes de rose sur l'écran de l'ordinateur en tenant mon dessin pour les comparer. Elle s'est reculée pour mieux voir.

— Tu aimes vraiment ça, ai-je dit.

— Quoi, les sciences ?

— Oui. Qui d'autre s'intéresserait à la teinte que devraient avoir des bactéries ?

— Qu'est-ce qu'il y a d'étrange à aimer les sciences ? J'aime comprendre comment les choses fonctionnent.

— Je t'imagine très bien devenir technicienne en scène de crime, comme dans *CSI*, et travailler dans un laboratoire chic de Miami.

— Cette série, c'est de la foutaise. Ils veulent nous faire croire qu'on peut faire un test d'ADN aussi rapidement qu'une recherche sur Google.

— Quoi ? Ils mentent à la télé ! Dis-moi que ce n'est pas vrai.

J'ai agité mes bras dans les airs en signe de désespoir. Brenda a poursuivi :

— Je ne veux pas travailler sur des scènes de crime, même si le laboratoire est ultrachic.

— Alors, que vas-tu faire avec toutes tes connaissances scientifiques ?

— Je veux devenir astronaute, a-t-elle déclaré d'un ton solennel.

J'ai éclaté de rire avant de me rendre compte qu'elle était sérieuse. J'ai demandé :

— Tu veux vraiment devenir une voyageuse de l'espace ?

— J'aimerais travailler pour la NASA.

— Quand tu iras sur Mars, pourrais-tu écrire mon nom sur une roche ? Tu pourrais me ramener un extraterrestre minuscule que je pourrais conserver dans un aquarium sur mon bureau.

— Je suis pratiquement convaincue que la NASA désapprouve ce genre de chose, mais je vais voir ce que je peux faire. Et toi ?

— Je ne pourrais jamais devenir astronaute. Je vomis dans les montagnes russes et je crois qu'être propulsé dans l'espace est beaucoup plus traumatisant.

— J'étais sérieuse, a dit Brenda.

— Moi aussi. Quand j'avais neuf ans, mon père m'a emmenée dans un parc d'attractions. J'ai dégobillé des céréales Fruit Loops et du lait de soya à demi digérés sur un groupe de touristes coréens. Crois-moi, ils n'oublieront jamais leur séjour en Amérique. Je parie que l'odeur les gêne encore.

— Je voulais savoir ce que tu aimerais faire comme métier.

— Je ne sais pas, ai-je répondu en haussant les épaules.

— Tu es très bonne en art, tu pourrais devenir graphiste, par exemple.

— Hum... La perspective de concevoir des publicités pour des produits d'hygiène féminine, c'est bien plus profond que ton désir superficiel d'explorer l'espace pour le bien de l'humanité.

Brenda a levé les yeux au ciel et est retournée à son ordinateur en mâchouillant un crayon.

Oui, voilà ! Les conseils de grand-maman tombaient encore une fois à point. Soudainement, je tenais l'angle pour aborder l'affaire. J'ai lancé :

— J'imagine que c'est difficile de devenir astronaute. La NASA doit choisir ses candidats seulement dans les meilleures écoles, n'est-ce pas ?

— Ils ne recrutent certainement pas dans les programmes de formation professionnelle, si c'est ce que tu demandes.

— Oui, quand on y réfléchit, on ne voit jamais d'offre d'emploi pour les astronautes dans les journaux.

Brenda m'a alors demandé :

— Où veux-tu en venir ?

— Je songe qu'il faut que tu t'assures que ta demande d'admission à l'université soit formidable... Pour avoir les meilleures chances d'être acceptée dans les grandes écoles.

— Hum ! hum !

— C'est important d'être équilibrée aussi. Ils n'y a pas que les notes qui sont importantes.

Je hochais la tête comme si j'avais siégé à des dizaines de comités de sélection. Brenda a reculé sa chaise avec fracas en disant :

— Encore !

— Quoi ?

— Tu vas me parler de la pièce de l'école.

J'ai claqué des doigts comme si je venais soudainement de faire le lien :

— C'est brillant ! Jouer dans la pièce de l'école, c'est exactement le genre de chose qui peut bonifier ta demande. Ça te donnera un avantage réel. Tu montreras ton côté artistique en plus de ton côté scientifique.

— Pourquoi veux-tu tellement que je le fasse ? En quoi est-ce important pour toi ?

— Tu es formidable. Tu ne devrais pas cacher ton talent. C'est... criminel. En plus, ce serait bon pour toi.

— Comme manger du brocoli.

— Non, pour te pousser à essayer de nouvelles choses. Admets-le, tu aimes chanter, non ?

— Oui, mais je n'aime pas me retrouver devant une foule ni être le centre de l'attention. Si tu ajoutes ça au fait que je n'ai jamais joué au théâtre de ma vie, il me semble que ce n'est pas le meilleur plan du monde.

— C'est exactement pour ça que tu devrais le faire.

— Explique.

— Crois-tu que la NASA veut des astronautes qui ont peur de relever des défis ?

Brenda tapait son crayon, le regard perdu au loin. Elle a avoué :

— Je ne saurais même pas par où commencer.

Je me suis rapprochée un peu plus d'elle. Nous étions passées du « non catégorique » à « oui, mais la logistique ». Je lui ai expliqué :

— Tu chantes une chanson – et je te recommande une pièce qui montre tout ton registre –, puis tu présentes un court monologue. Je peux t'aider à le répéter, si tu veux.

Brenda tapait mécaniquement du pied pendant qu'elle réfléchissait. Elle a demandé :

— M'aideras-tu à apprendre le monologue ?

— Bien sûr. Quand on y pense, le pire scénario, c'est que tu ne sois pas choisie. Comme tu n'as pas de rôle maintenant, ce n'est pas une grosse perte.

— Si on fait fi de la possibilité que je me ridiculise.

— Pas de cran, pas de carrière.

J'ai rajouté :

— Le capitaine Kirk n'hésiterait pas, lui.

— Le capitaine Kirk ! s'est exclamée Brenda, l'air perplexe.

— Je ne me souviens pas du nom de la femme capitaine. Je ne suis pas une véritable Trekkie.

— La capitaine Janeway, a dit Brenda.

— C'est ça. La capitaine Janeway auditionnerait pour la pièce.

— Et toi, que veux-tu ?

— Moi ?

— En quoi puis-je t'être utile si tu m'aides pour les auditions ? Qu'est-ce que tu veux faire ?

— Je ne te cache rien. Je ne sais pas ce que je veux.

J'ai cherché des graines dans le tapis. Je ne pouvais pas lui expliquer que je voulais empoisonner la vie de Lauren.

Plus qu'empoisonner, en fait. Je souhaitais qu'elle descende au plus bas. Je voulais qu'elle perde tout ce qui était important pour elle : son petit ami, ses amies, sa popularité. Elle m'avait vendue pour obtenir tout ça et j'étais déterminée à tout lui reprendre. Je n'avais pas vraiment réfléchi à ce que je ferais après. J'avais le sentiment que si je formulais un autre objectif, l'univers me trouverait trop avide et ne m'accorderait ni l'un ni l'autre. Brenda a insisté :

— Tu dois bien avoir une petite idée sur ce que tu veux faire de ta vie.

— Pas vraiment.

— Alors, que vas-tu faire quand tu auras ton diplôme ?

Brenda semblait déstabilisée. J'ai répondu :

— J'imagine que je vais le découvrir en allant à l'université.

Elle a écarquillé les yeux et j'ai poursuivi :

— Quoi ? Bien des jeunes ne savent pas ce qu'ils veulent. L'université est une période pour se découvrir et patati et patata ! As-tu déjà lu leurs brochures ?

— Bon, oublie ça.

— Si tu veux, tu peux m'aider à réussir le cours de biologie.

— Marché conclu.

Nous nous sommes serré la main. J'ai demandé :

— Vas-tu aller aux auditions ?

— Oui, je vais y aller.

J'ai sauté en agitant les bras et j'ai pris en main la logistique :

— Oui ! Fini, le coloriage de cytoplasme. Cherchons une chanson qui te convient. On peut trouver un bon monologue dans Internet, rien de trop compliqué. Si tu veux mon avis, c'est là que les gens se plantent. Ils veulent être trop dramatiques. Ta retenue les éblouira davantage.

— Hé !

Brenda m'a arrêtée au milieu de ma grandiose planification pour que je la regarde. Elle a dit :

— J'apprécie vraiment ce que tu fais. Tu es une bonne amie.

Elle m'a fait un si beau sourire. À la seconde même, je suis passée de l'euphorie à un sentiment de culpabilité.

24

J'ai commencé à garder des enfants au début du secondaire. Notre voisine à l'époque était madame Kile. Elle avait un fils de quatre ans, Jordon. Cet enfant était mi-intelligent, mi-destructeur. Il avait démonté leur téléviseur et provoqué la panne de tout le réseau électrique du quartier en enfonçant quelque chose – on n'a jamais su quoi – dans une prise électrique. Personne ne niait le fait que Jordon avait besoin d'être constamment sous surveillance.

Au début, sa mère m'appelait pour que je vienne chez elle quand elle devait faire quelque chose d'important. Je restais dans le salon en empêchant Jordon de construire accidentellement un engin nucléaire avec ses blocs LEGO et des bonbons pétillants. Chez les Kile, il y avait toujours des Doritos, du fromage à effilocher ou des petits poudings. J'aurais surveillé Jordon simplement pour goûter à ces friandises pleines de gras trans, mais madame Kile insistait pour me payer. C'était la première fois que je gagnais de l'argent, si on excluait mon argent de poche, un montant dérisoire.

Il n'y a pas grand-chose à faire à Terrace l'été. Si je faisais l'erreur de m'en plaindre à mes parents, ils m'inscrivaient à un camp de jour moche et je passais le reste de l'été à « faire de l'art » avec de la colle non toxique, de la corde et des bâtons de Popsicle. Je préférais de loin passer la journée au centre commercial avec Lauren. Climatisé, il accueillait souvent des bandes de préadolescents et abritait toutes sortes de comptoirs remplis de nourriture. C'était ce qui se rapprochait le plus d'un parc d'attractions dans le coin. Nous entrions dans les boutiques en racontant d'une voix forte que nous étions invitées à des soirées fabuleuses de façon à pouvoir essayer les robes les plus chics. Les vendeuses nous détestaient. Quand nous avions terminé nos essayages et mangé pour au moins dix dollars de friandises glacées chez Dairy Queen, nous allions au rayon du maquillage d'un grand magasin.

Le maquillage était très important pour Lauren. Sa mère ne jurait que par les produits Chanel. Elle possédait des lotions à base de baies péruviennes moulues qui coûtaient une petite fortune et qui étaient censées arrêter le vieillissement. Les rares fois où elle se maquillait, ma mère recourait plutôt à une marque biologique qu'elle achetait au magasin d'aliments naturels.

— C'est la marque de brillant à lèvres que j'aimerais avoir, a dit Lauren.

C'était pendant l'été qui a précédé sa trahison. Elle a appliqué une mince couche de l'échantillon en démonstration. L'esthéticienne qui portait une blouse blanche comme si elle était médecin dans un laboratoire de recherche et non pas vendeuse d'ombres à paupières, ne s'est même pas donné la peine de nous aider. Accoudée au comptoir, elle mâchait de la gomme et parlait de son petit ami avec la vendeuse de parfums de l'autre côté de l'allée.

— Il a l'air bien, ai-je dit.

— Il n'est pas seulement «bien.» Ce brillant à lèvres vient de Paris. Tout le monde sait que les Français fabriquent les meilleurs rouges à lèvres.

— Vraiment ?

— Évidemment ! Tu as déjà entendu parler du *french kiss*, non ?

Je ne savais pas si je devais la croire, mais je n'avais aucun argument pour la contredire. J'ai pris le tube et je l'ai inspecté. J'en ai mis un soupçon sur mon petit doigt et je l'ai étendu sur mes lèvres comme Lauren venait de le faire.

— Est-ce qu'il me va ?

— Oui. Essaie une teinte plus foncée.

Lauren a pris un autre échantillon sur le présentoir et me l'a donné en disant :

— Maman ne veut pas m'en acheter un parce qu'elle a peur que je le perde. Quelle idée !

Je n'ai rien dit, mais sa mère avait raison. Lauren était la seule personne que je connaissais qui était escortée d'un trou noir personnel. Elle perdait tout le temps ses affaires.

Je me suis examinée avec le brillant plus foncé. Il ne m'allait pas du tout. En plus, ma mère aurait une attaque si elle me voyait peinturlurée de la sorte. Elle était d'avis qu'il fallait que j'attende encore deux ans avant de me maquiller.

— Je crois que je vais acheter le plus pâle, ai-je dit en prenant un tube sur le présentoir.

— Il vaut vingt-cinq dollars, ce tube.

Lauren avait employé un ton qui soulignait qu'on était loin du brillant à lèvres vendu en paquets de trois à côté de la caisse de la pharmacie.

— Ça va, j'ai l'argent.

J'ai sorti mon salaire de gardienne de ma poche. Le tas de billets un peu humides reposait sur le comptoir. D'un air ahuri Lauren observait la pile de billets. J'ai expliqué en levant fièrement le menton :

— J'ai commencé à garder chez madame Kile.

— Tu devrais prendre la teinte plus foncée. Elle va mieux avec tes cheveux.

— Je préfère la plus pâle.

— D'accord.

Lauren s'est retournée en se croisant les bras. J'ai demandé :

— Qu'est-ce qui se passe ?

— Rien.

Je n'étais pas certaine de bien comprendre ce qui n'allait pas, mais quelque chose n'allait pas, ça ne faisait aucun doute. Lauren était une professionnelle de la moue. Personne ne lui allait à la cheville dans ce domaine. Elle aurait pu donner des leçons à des bambins. J'ai tenté une ouverture :

— Es-tu fâchée parce que j'achète le brillant à lèvres ?

— Je trouve que c'est insensible de ta part d'acheter la couleur que je veux.

— Mais tu as dit que ta mère ne voulait pas te l'acheter.

— C'est ce qu'elle dit maintenant, mais j'aurais pu la convaincre. Elle me l'aurait acheté. Ou j'aurais pu me l'acheter moi-même.

— Tu peux te l'acheter aussi. On peut avoir le même, je ne vois pas le problème.

— Helen, si tu ne comprends pas, alors je ne sais pas comment te l'expliquer.

— Oublie ça. Je ne vais pas l'acheter.

— Non, vas-y. Tu le veux. Ça ne fait rien si je le voulais en premier. Vas-y, fais ce que tu veux.

— Non, je ne le veux plus. Je vais acheter autre chose.

Je détestais ça quand Lauren était contrariée. Ça gâchait toujours la journée. Si elle était vraiment contrariée, la douche froide durait parfois toute la semaine. J'ai remis le tas de billets dans ma poche.

— Non, prends-le.

Lauren a attrapé le brillant à lèvres sur le présentoir et l'a pratiquement lancé sur la vendeuse en disant :

— Mon amie veut acheter ça.

— Non, je ne veux pas.

— Oui, tu veux.

En plus de Lauren qui était fâchée contre moi, la vendeuse me demandait maintenant d'un ton cassant :

— Le veux-tu, oui ou non ?

Elle devait compter mentalement les minutes jusqu'à la fin de l'été, moment béni où les hordes d'enfants allaient retourner à l'école. J'ai proposé :

— On pourrait le partager. Je l'achèterais, mais on pourrait l'utiliser toutes les deux.

Lauren m'a fait face. Je sentais qu'elle commençait à décolérer. Elle a dit :

— Tu le partagerais avec moi ?

— Bien sûr, tu es ma meilleure amie.

Lauren a lancé un cri de bonheur. La vendeuse a fait tout son possible pour s'empêcher de lever les yeux au ciel et s'est affairée à emballer le tube dans un papier avant de le déposer dans un minuscule sac lustré arborant le logo doré de la compagnie de maquillage.

— Je vais le porter.

Lauren avait dit cela comme si elle m'accordait une faveur en transportant ce si lourd article. Nous sommes allées directement à la salle de bains pour appliquer le brillant à lèvres et nous admirer dans le miroir. Lorsqu'il a été décrété que nous étions toutes les deux d'une beauté fabuleuse, nous avons regagné les boutiques. Lauren sautillait subtilement et elle balançait le sac de manière à attirer toute l'attention possible. Elle a proposé :

— Ce serait mieux si je gardais le brillant à lèvres chez moi.

— Pourquoi ?

— Tu sais comment est ta mère. Si elle le voit, elle va faire une crise. Elle pensera que tu aurais mieux fait d'envoyer l'argent à un groupe de défense des baleines ou à un autre truc stupide.

— Je ne lui dirai pas combien il a coûté. En plus, elle fouille rarement dans mes affaires.

— Oui, mais lorsqu'on va quelque part, on se prépare toujours chez moi. Si le brillant à lèvres y est, on pourra toujours l'utiliser. Sinon, tu pourrais l'oublier.

Et c'est comme ça que mon brillant à lèvres est devenu le sien. Je me sentais comme un père qui, après un divorce, a des droits de visite limités. Bien entendu, cette impression ne s'est pas éternisée puisque Lauren a perdu le tube en moins de trois semaines. Elle avait alors commencé à garder et gagnait de l'argent. Elle a racheté un autre tube, mais il n'a jamais été question qu'on le partage.

Plus tard, après le fameux « incident », je me suis rendu compte que Lauren faisait souvent des trucs comme ça. Elle retournait les situations jusqu'à ce que je finisse par m'excuser pour rien et qu'elle obtienne ce qu'elle voulait dès le début. À l'époque, je croyais que Lauren était plus sensible que moi, que c'était quelqu'un qu'il fallait traiter avec délicatesse. J'ai compris plus tard qu'elle me manipulait et se servait de moi.

La situation avec Brenda était entièrement différente. Je ne me servais pas d'elle. Bon, je m'en servais un peu, mais ce n'était pas pour obtenir quelque chose en retour.

Elle était utile pour que justice soit faite, pour le bien commun. De plus, à long terme, jouer dans la pièce allait lui être profitable. D'un certain angle, on pouvait dire que je l'aidais, que je l'encourageais à s'épanouir au maximum et tout le tralala.

J'étais couchée dans mon lit et je fixais le plafond. Je n'étais pas comme Lauren. La situation n'avait rien à voir avec ce qu'elle me faisait vivre, avec ce qu'elle faisait encore vivre à Bailey et à Kyla.

Même si la situation n'avait rien d'idéal, je n'avais pas le choix. Je n'avais pas fait tous ces efforts pour me contenter de voir Lauren avec des cheveux gras ou des jeans déchirés. Il était grand temps qu'elle paye pour ce qu'elle avait fait.

25

La veille des auditions, Bailey, Kyla et moi avons invité
Lauren au restaurant pour lui souhaiter bonne chance. Le
choix d'un souper au resto restait un mystère pour moi
puisque la liste des choses que Lauren ne voulait pas manger devait faire un kilomètre de long. Elle devait éviter
tout ce qui pouvait affecter sa voix ou – pire encore – la
faire paraître gonflée le jour J. Elle était nerveuse, c'était
évident.

Contrairement à Lauren, j'attendais impatiemment les
auditions. J'avais surtout hâte de voir sa réaction quand
Brenda commencerait à chanter. Il me faudrait résister à
entonner moi-même une chanson, du genre « Ding, dong,
la sorcière est morte ». En prime, j'allais avoir l'occasion de
parler à Christopher. J'essayais de garder à l'esprit que le but
de mon rapprochement était d'empêcher qu'il tombe sous
le charme de Lauren. Cependant, je devais admettre que
l'idée de passer du temps avec lui constituait la meilleure
partie de mon plan de vengeance jusqu'à maintenant.

Lauren picorait dans sa salade qui avait été expurgée
de tout élément savoureux. Ce n'était plus qu'un bol de
laitue iceberg arrosée de quelques gouttes de jus de citron.
Pour ma part, j'ai pris une énorme bouchée de mon cheese-
burger que j'ai fait passer avec une gorgée de *milkshake*.
Lauren était dégoûtée. Il était clair qu'elle ne savait plus

quoi faire de moi. Grâce à mes machinations et à mes flatteries stratégiques, Bailey et Kyla m'adoraient. Tout le monde à l'école me trouvait cosmopolite et sympa. Les plus jeunes élèves imitaient ma façon de me coiffer. Lauren ne pouvait plus se débarrasser de moi. J'étais comme une puce sur son petit chien de salon bien pomponné. Se limitant à des sujets sans danger – c'est-à-dire tout ce qui concernait Lauren –, Kyla lui a demandé :

— Qu'est-ce que ton professeur de chant a dit à propos de l'audition ?

— Elle croit que je suis prête. Nous répétons la chanson depuis le printemps.

Lauren a transpercé un autre morceau de laitue. J'ai remarqué que la peau autour de ses ongles était écorchée, comme si elle avait mis les doigts dans un broyeur à déchets. De plus, malgré une épaisse couche de fond de teint, je discernais de petits boutons rouges qui pullulaient sur son front. Mes sabotages quotidiens faisaient effet. J'ai pris une autre gorgée satisfaisante de *milkshake*.

— Tu vas être formidable, a dit Bailey.

— Forrrmiiidaable !

J'avais rugi comme Tony le tigre. Lauren a plissé des yeux alors que Bailey et Kyla ont éclaté de rire.

— J'espère seulement qu'il n'y aura pas de problème.

Lauren avait dit ça en déposant sa fourchette pour indiquer que les cinq calories qu'elle venait d'avaler l'avaient rassasiée.

— Il n'y aura pas de problème, l'a rassurée Bailey.

— Que pourrait-il arriver ? ai-je demandé.

— Dernièrement, tout va mal, a répondu Lauren.

— Tout le monde a des hauts et des bas, ai-je ajouté en noyant une autre frite dans mon lac de ketchup.

— Pas moi.

La réponse sans équivoque de Lauren a fait mourir la conversation pendant quelques minutes jusqu'à ce que Bailey reprenne le flambeau en complimentant Lauren sur la beauté de ses cheveux. J'ai dû me retenir pour ne pas mentionner que l'huile d'olive avait peut-être contribué à cet éclat.

Bailey s'est levée pour aller aux toilettes et Kyla l'a suivie. Je me suis retrouvée seule avec Lauren. Elle a dit :

— Je ne sais pas ce que tu cherches, mais je ne te fais pas confiance.

— De quoi parles-tu ?

J'ai réussi à la regarder droit dans les yeux, mais au prix d'un grand effort. Après des années d'asservissement à Lauren, c'était difficile. Elle a poursuivi :

— Depuis que tu es arrivée à l'école, la malchance s'acharne sur moi.

— Quoi ? Tu crois que je te veux du mal. Pourquoi ?

J'essayais de garder un ton désinvolte, mais une partie de moi souhaitait que tout sorte au grand jour, qu'elle comprenne qui j'étais et qu'elle reconnaisse ce qu'elle m'avait fait. J'ai senti la sueur perler sous mes aisselles.

Lauren a parcouru le restaurant des yeux, les narines frémissantes. Il fallait vraiment qu'elle fasse quelque chose à propos de ce tic facial.

— C'est ma dernière année et j'ai travaillé très dur pour arriver où je suis, a-t-elle dit en guise d'explication.

— C'est ma dernière année aussi. Et si on y pense bien, c'est la même chose pour Kyla et Bailey, tout comme pour des centaines d'autres élèves.

— C'est ça.

Lauren a réussi à ne pas dire tout haut ce que j'étais certaine qu'elle pensait, c'est-à-dire que nos attentes et nos rêves étaient dérisoires en comparaison des siens. J'ai conclu :

— Je suis désolée que tu ne m'aimes pas, mais pour ce que ça vaut, je te souhaite d'avoir la dernière année que tu mérites.

J'ai souri avant d'avaler une autre frite dégoulinante de ketchup.

26

Les auditions se déroulaient à l'auditorium de l'école. J'étais assise avec une planchette à pince et les petites lunettes de lecture de ma grand-mère sur le bout du nez pour me donner un air professionnel. Je devais prendre en note les noms des élèves qui se présentaient, la chanson qu'ils interprétaient et la scène qu'ils jouaient. C'est madame Herbaut qui prendrait les décisions, mais elle voulait avoir mon avis en tant qu'assistante officielle à la mise en scène. Une quarantaine d'élèves allaient monter sur les planches, le noyau dur des membres de la troupe, qui faisaient des gammes et répétaient leur texte, et toute une bande de joyeux lurons qui était là principalement pour s'amuser.

— Bon. Nous sommes prêts à entendre...

Madame Herbaut a consulté la liste des élèves et a annoncé :

— Brenda Bauer.

Pendant une seconde, personne n'a bougé et j'ai eu peur d'avoir à quitter ma place pour tirer Brenda des coulisses. Elle est finalement apparue et s'est approchée de l'avant-scène, retrouvant sa démarche lourde à la Frankenstein. Elle s'est arrêtée au centre de la scène, clignant des yeux sous les projecteurs. J'ai fait un geste d'encouragement en priant pour qu'elle finisse sa chanson sans s'enfuir en courant. Je comptais sur son rêve spatial pour qu'elle domine son trac. Si elle n'avait pas peur d'être propulsée dans l'espace, elle devait pouvoir passer à travers cette épreuve.

— Tu peux y aller.

Madame Herbaut encourageait Brenda, qui restait immobile. Finalement, elle a avalé sa salive et a remis sa partition au pianiste. Quand il a commencé à jouer, Brenda a fermé les yeux.

Après une discussion animée, nous avions choisi *I Don't Know How to Love Him*, tirée de la comédie musicale *Jesus Christ Superstar*. La chanson avait un côté tragique et nostalgique qui allait bien avec la voix de Brenda. En plus, j'étais assez certaine que personne d'autre n'allait la choisir. La voix de ma copine a tremblé un peu au début, mais elle a rapidement trouvé son rythme. J'ai aperçu le pianiste qui la dévisageait d'un air surpris tandis que les élèves dans l'auditorium arrêtaient de chahuter pour l'écouter. Quand Brenda a terminé, le silence s'est prolongé. Finalement, madame Herbaut a demandé en fouillant dans ses papiers :

— Qui était-ce ?

— Elle s'appelle Brenda Bauer.

J'avais envie de me vanter d'avoir été celle qui l'avait convaincue d'auditionner, mais je ne pouvais pas. En théorie, aux yeux des autres élèves, nous n'étions que des partenaires de laboratoire.

— Où se cachait-elle depuis quatre ans ? m'a glissé madame Herbaut à l'oreille.

Elle a ajouté plus fort :

— Brenda ? C'était charmant. Excellent. Voudrais-tu me chanter une chanson de la comédie musicale ? J'aimerais t'entendre en duo. Brian, veux-tu t'approcher ?

Brian, l'un des membres de la troupe, a hoché galamment la tête avant de monter sur scène. C'est là que j'ai vu Christopher affalé dans un siège au fond de la salle. Il prenait des notes. Madame Herbaut lui avait interdit de filmer les auditions, car elle croyait que cela intimiderait les élèves. Mon estomac n'a fait qu'un tour quand il a relevé la tête et que nos yeux se sont croisés. J'ai placé une mèche derrière mon oreille pour retrouver mon look professionnel. Madame H s'est adressée à Brian et à Brenda :

— J'aimerais vous entendre chanter *On the Street Where You Live*.

— Je ne connais pas les paroles, a dit Brenda.

— Je les connais, a lancé Lauren en se levant. J'ai mémorisé toutes les chansons. Si vous voulez entendre un duo, je peux chanter avec Brian.

— Merci, Lauren, mais je veux entendre Brenda pour l'instant. Brenda, pourquoi n'irais-tu pas avec Brian dans le hall pour la répéter ? Vous reviendrez quand tu seras prête.

— Pas de problème, a répondu Brian.

Il a décoché un sourire rassurant à Brenda et l'a dirigée vers le hall en prenant son coude. Lauren a répété :

— Je pourrais chanter maintenant.

J'ai dû me retenir de sourire quand j'ai entendu le profond soupir de madame Herbaut, qui a dit :

— Lauren, interprète ta chanson pendant que nous attendons leur retour.

Lauren s'est précipitée sur les planches et a remis sa partition au pianiste comme s'il s'agissait d'un décret royal. Elle s'est placée au milieu de la scène, s'est éclairci la gorge à quelques reprises, puis elle a fait un signe impérial de la tête pour signifier au pianiste qu'elle était prête.

Lauren chantait bien, mais elle aurait dû attendre. Il aurait été préférable qu'elle passe après quelqu'un de plutôt médiocre pour que sa voix ressorte. En chantant tout de suite après Brenda, elle montrait qu'il manquait un petit quelque chose à sa voix. Techniquement, on ne pouvait rien lui reprocher, elle n'a fait aucune fausse note, mais sa façon de chanter manquait de légèreté et de vitalité. Au milieu de la chanson, on devinait qu'elle savait qu'elle n'était pas à la hauteur. Elle s'est alors mise à chanter plus fort et à faire de grands gestes avec les bras là où elle croyait que c'était approprié. Elle a fait la révérence à la fin et les élèves de la troupe l'ont brièvement applaudie même si c'était interdit.

— Merci, Lauren, a dit madame Herbaut.

— Je peux faire autre chose si vous voulez. Si vous désirez mesurer mon registre, je peux chanter une des chansons de l'ouverture. J'ai même travaillé mon accent cockney.

— On a beaucoup d'élèves à passer, ai-je rappelé à madame Herbaut.

Elle a embrassé l'auditorium du regard afin de calculer le nombre de prestations sans intérêt qu'elle aurait à se farcir avant la fin de l'après-midi pour conclure :

— Tu as raison, il faut avancer. Lauren, je te le dirai si je souhaite entendre une autre chanson plus tard.

Lauren a pincé les lèvres et son nez s'est mis à frémir. Rien de tout ça ne l'avantageait. Elle m'a vue sourire et ça l'a rendue furieuse. Je l'ai applaudie silencieusement. Je lui ai laissé le soin d'interpréter ce geste comme elle le voulait. J'ai fouillé dans ma pile de feuilles pour trouver qui était le prochain candidat. Madame Herbaut a appelé une certaine Erin Legualt. La jeune élève a bondi et hurlé comme si elle avait été choisie pour participer à l'émission *The Price is Right*. En courant vers la scène, elle est tombée, mais elle s'est relevée aussitôt. On aurait dit qu'elle était faite en caoutchouc. Madame Herbaut s'est massé les tempes. Je me suis dit qu'enseigner le théâtre à des adolescents ne devait pas être aussi extraordinaire qu'elle avait dû se l'imaginer. Elle m'a demandé :

— Claire, peux-tu aller chercher une bouteille d'eau pour le pianiste ? L'après-midi risque d'être long.

Je lui ai fait un salut militaire et je suis descendue par l'allée de côté. J'ai vu Brenda dans le hall et j'ai tenté de faire un geste d'encouragement sans que personne le voie. Puis, quelqu'un a crié :

— HELEN !

Je me suis retournée en même temps qu'une autre fille et nous avons dit à l'unisson :

— Quoi ?

L'autre Helen était agacée.

— Merde, ai-je murmuré.

Je ne suis pas censée être Helen. J'ai senti le rouge me monter aux joues. Brenda m'a envisagée bizarrement.

— J'ai cru qu'elle avait dit mon nom, ai-je bredouillé sans m'adresser à personne en particulier.

La fille à côté de moi m'a fixée d'un air incrédule, se disant sans aucun doute qu'il était assez difficile de confondre les noms Helen et Claire.

J'ai pratiquement lancé la bouteille d'eau au pianiste. En me dépêchant pour retrouver la sécurité de mon siège, j'ai rencontré... Lauren. Elle m'examinait minutieusement. Je voyais les rouages de son cerveau tourner à toute vitesse. Avait-elle eu connaissance de l'incident « Helen » ?

— Excuse-moi, ai-je dit en passant devant elle.

Je sentais son regard qui ne me quittait pas. *Merde. Merde. Merde.* Les grands projets tombent toujours à l'eau pour des erreurs stupides. Une fois assise, j'ai vu que Lauren parlait à une fille de la troupe. Celle-ci lui a passé un contenant Tupperware. Lauren s'est rendue au bout de ma rangée. J'ai joint mes deux mains pour qu'elle ne voie pas qu'elles tremblaient.

Le contenant était rempli de fruits coupés en gros dés. Des morceaux de cantaloup et d'ananas ainsi que des fraises congelées. Lauren a approché le contenant de moi en disant d'un ton rude :

— Prends quelques fruits.

— Non, merci.

— Tu devrais en prendre...

Lauren a fait une pause et elle a appuyé sur le dernier mot :

— Claire.

Mon cœur s'est carrément emballé. J'étais allergique aux fraises. C'est-à-dire que mon Helen intérieure était allergique et Lauren le savait. Elle était avec moi lorsque j'avais eu l'une de mes pires réactions allergiques. En fait, elle l'avait provoquée.

Quand nous avions neuf ou dix ans, Lauren a voulu réaliser une expérience scientifique. Elle m'a d'abord fait mâcher de la gomme à la fraise pour voir si j'allais avoir une réaction. Comme je n'en ai pas eu, elle m'a donné un roulé aux fruits, à la fraise. Cette fois, elle en a eu pour son argent. J'ai vomi avec la force d'un canon à eau.

Ma mère était blanche comme un drap. Elle n'arrivait pas à croire que j'avais mangé le roulé aux fruits simplement parce que Lauren me l'avait demandé, même si je savais que j'étais allergique. Elle ignorait à l'époque que j'aurais fait tout ce que Lauren me demandait. Qu'est-ce qu'un peu de vomi pour plaire à la meilleure amie du monde ?

J'ai pris lentement un morceau de cantaloup.

— Prends une fraise, a insisté Lauren en brassant le contenant.

Elle sait. Ou alors, elle pense qu'elle sait.

— C'est que j'adore le cantaloup. C'est mon fruit préféré.

— Le cantaloup n'est pas mûr. Prends une fraise, elles sont délicieuses.

Mes doigts ont hésité au-dessus d'une fraise puis, sans réfléchir davantage, je l'ai mise dans ma bouche et je l'ai avalée tout rond, sans la mâcher. L'élément allergène se dégageait peut-être quand on mâchait ; si je l'avalais d'un coup, l'acide dans mon estomac allait peut-être le neutraliser. J'ai dit :

— Tu as raison, elles sont délicieuses.

Le visage de Lauren s'est décomposé. Je voyais qu'elle avait cru me démasquer et qu'elle n'était plus certaine tout à coup. Je l'ai saluée avec ma planchette pour lui indiquer qu'il était temps qu'elle se rassoie. Elle est repartie les épaules basses. Une fois assise, elle me jetait constamment des regards comme si elle s'attendait à ce qu'il se passe quelque chose. Christopher nous observait l'une après l'autre. Je me demandais quel genre de notes il était en train de prendre à notre sujet.

J'ai mis mon sac à main sur mes genoux et j'ai fouillé dans l'espoir de trouver un comprimé de Benadryl. Rien. Je me demandais si ma gorge allait commencer à enfler et si Brenda avait suffisamment étudié les sciences pour effectuer une trachéotomie avec un stylo à bille au cas où j'en aurais besoin. Je me suis frotté les doigts et j'ai remarqué que les bouts qui avaient touché à la fraise étaient un peu enflés. J'ai eu un haut-le-cœur. Oh, oh. Je me suis levée pour courir à la salle de bains, mais Lauren m'observait.

Je me suis rassise. Si j'allais aux toilettes, elle me suivrait, j'en étais convaincue. Elle saurait que j'étais allergique aux fraises et elle devinerait tout. Ma machination serait déjouée, alors que j'étais encore loin de mon objectif, soit la destruction totale de Lauren. Madame Herbaut a touché mon épaule et m'a demandé :

— Est-ce que ça va, Claire ?

— Hum, hum.

J'ai souri en gardant les lèvres bien serrées. J'avais l'intime conviction que si j'ouvrais la bouche pour répondre, la fraise allait être propulsée à l'extérieur.

Elle a dit :

— Je vais chercher des Coke Diète. Ces auditions sont épuisantes.

Elle est sortie de la rangée et s'est dirigée vers la distributrice. Elle a fait un signe vers la scène pour signifier aux élèves de poursuivre.

Merde. Merde. Merde. La musique a commencé pour une nouvelle audition. Le pianiste jouait plus fort. J'ai eu un autre haut-le-cœur. J'ai ravalé en tentant de ramener la fraise dans mon estomac. Mon corps entier s'est couvert de sueurs froides. Mon organisme avait bel et bien décidé d'évincer la fraise, et d'après ce que je ressentais, le tout allait se faire à grande vitesse. J'ai regardé autour de moi à la recherche d'une solution. J'ai attrapé les poignées de mon sac à main. J'ai fouillé dedans. Non, je ne pouvais pas. J'ai relevé les yeux et j'ai vu la nuque de Lauren. Je ne pouvais pas abandonner maintenant.

Je me répétais dans ma tête : *il faut ce qu'il faut*. Je me suis dit qu'à l'occasion, il fallait faire des sacrifices pour obtenir quelque chose. J'ai vidé le contenu de mon sac sur mes genoux et j'ai vomi dedans. Le piano a enterré les sons disgracieux. Je me suis rassise bien droite en m'essuyant la bouche avec un mouchoir. J'ai même réussi à sourire à Lauren lorsqu'elle s'est retournée vers moi pour la millionième fois.

J'ai refermé mon sac et je l'ai déposé doucement sur le sol.

Cet acte de courage allait peut-être prouver à l'univers à quel point j'étais sérieuse.

27

Grand-maman a frappé à ma porte.

L'un des inconvénients d'avoir une grand-mère qui a été travailleuse sociale est qu'elle aime beaucoup « dialoguer ». Elle est heureuse seulement si je lui décris en long et en large mes sentiments. Elle vient toujours dans ma chambre pour que nous ayons des conversations à cœur ouvert. Ce n'est pas que je sois contre, mais comme le sujet de ma vengeance était devenu tabou, j'avais l'impression qu'elle aurait aimé que je lui soumette un nouveau problème auquel elle pourrait s'attaquer. Parfois, je me disais qu'il faudrait que j'invente quelque chose, comme lui dire que je songeais à changer de sexe, pour avoir un nouveau sujet de conversation. Ma grand-mère a frappé de nouveau et a passé la tête dans l'embrasure en disant :

— Il y a quelqu'un pour toi à la porte.

— Quelqu'un pour moi ?

Je me suis redressée d'un bond. Ma grand-mère a ajouté :

— Oui, il semble que quelqu'un ait découvert ton repaire malgré ta vie d'ermite.

J'ai couru en bas en priant pour que ce ne soit pas Lauren. Elle aurait sûrement reconnu ma grand-mère. Brenda était sur le perron, un panier à la main. Elle me l'a tendu en disant :

— Je t'ai fait des biscuits.

J'ai pris le panier. Brisures de chocolat, un classique. J'ai demandé :

— Pourquoi ?

— Pour ton aide. En plus, il faut que je te parle. Madame Herbaut m'a appelée. Elle m'offre le rôle d'Eliza.

Brenda se balançait en m'expliquant la raison de sa venue. Je me suis écriée :

— C'est génial !

J'ai exécuté une petite danse sur le perron, en cochant mentalement une autre case de mon plan de vengeance. Cette nouvelle valait totalement l'épisode de l'expulsion de la fraise. J'avais vraiment hâte de voir le visage de Lauren lorsqu'elle apprendrait la nouvelle. Brenda a ajouté :

— Je lui ai dit que je ne suis pas certaine de le vouloir.

J'ai interrompu ma danse, un pied dans les airs :

— Tu ferais une Eliza fantastique. Pourquoi hésites-tu ?

— L'art dramatique, c'est tellement important pour certains élèves. Le théâtre, c'est leur *passion*. Ça ne m'intéresse pas vraiment, c'est seulement pour ajouter à ma demande d'université.

— Pour que tu deviennes astronaute, ce qui est *ta* passion, lui ai-je rappelé.

J'ai pris une bouchée d'un biscuit en cherchant un argument logique qui convaincrait Brenda. Je lui ai demandé :

— Qu'est-ce qui t'a fait penser à ça ?

— C'est Christopher. Il m'a interviewée après les auditions et il répétait sans cesse à quel point c'était important pour certains, que c'était leur rêve. J'ai pensé que ça n'avait pas d'importance pour moi. Je pouvais avoir un petit rôle à la place.

— T'en fais-tu à propos de Lauren ? Crois-moi, elle ne s'en ferait pas pour toi.

Je me demandais ce que Lauren avait dit à Christopher pendant son entrevue. J'étais prête à parier qu'elle s'était léché les lèvres pour faire l'aguicheuse comme d'habitude. J'espérais qu'il était assez intelligent pour ne pas se laisser séduire, mais avec les gars, on ne sait jamais. Ils ne pensent pas toujours avec leur cerveau. Brenda a répondu :

— Ça ne veut pas dire que je ne dois pas faire ce qui est bien. Madame H dit que si je ne veux pas le rôle principal, je pourrais être la doublure pour Eliza. Ainsi, je pourrais l'inscrire à mon CV, ce qui est mon objectif.

Je n'ai rien dit. Une autre personne allait jouer les seconds violons derrière Lauren. J'étais si proche du but. J'avais vomi dans mon sac à main, pour l'amour du ciel ! Et là, elle n'était pas certaine de vouloir ce rôle. Mon esprit surchauffait. Je cherchais une raison pour que Brenda accepte le rôle sans lui avouer que tout ça avait pour seul but de faire souffrir Lauren. J'ai finalement dit :

— Je trouve que c'est bien que tu penses aux autres.

Un sourire s'est épanoui sur le visage de Brenda. J'ai poursuivi :

— Mais...

J'ai prolongé le « mais » et le visage de Brenda s'est défait. J'ai ajouté :

— Je dois te demander si tu renonces au rôle pour les bonnes raisons.

— Qu'est-ce que tu veux dire ?

— Tu as avoué que tu détestais te retrouver devant une foule. Es-tu certaine que tu ne renonces pas au rôle parce que tu as peur ?

— Oui, être devant un public me fait peur. Mais ce n'est pas tout. Pourquoi est-ce que je ferais quelque chose qui n'a pas d'importance pour moi ?

— Parce que l'important ici, c'est de te dépasser. Ne le prends pas mal, mais tu es le genre de personne qui reste dans sa zone de confort. Rappelle-toi. Au début, tu ne voulais pas te faire couper les cheveux. Ce n'était pas important pour toi, alors pourquoi l'aurais-tu fait ?

— Oui, si on veut.

— Maintenant qu'ils sont coupés, tu es contente de l'avoir fait, non ?

— Oui.

— Eh bien, c'est comme la coupe de cheveux. Parfois, on ne sait pas exactement comment un défi peut faire une différence, mais on ne peut le savoir sans plonger.

— Plonger, hein ?

— En avant toute, capitaine ! Si tu découvres que tu n'aimes pas la comédie, tu n'auras plus jamais à remonter sur scène. Mais comment savoir si tu peux aimer ça sans jamais l'essayer ? Allez, fonce. Ta confiance en toi grandira.

Je me suis rendu compte que je commençais à parler comme un minable conférencier motivateur, alors je me suis tue en espérant l'avoir convaincue. Brenda a demandé :

— Crois-tu vraiment que je devrais le faire ?

— À cent pour cent.

Brenda a pris une grande inspiration et a dit :

— D'accord, je vais le faire.

— C'est vrai ?

— Ne sois pas si surprise, a dit Brenda en riant. Je te fais confiance. Si tu crois que c'est une bonne idée, alors je vais le faire.

Le biscuit que j'avais avalé un peu plus tôt semblait maintenant démesuré pour mon estomac. J'ai essayé d'esquisser un sourire rassurant. Brenda a dit :

— Je crois aussi que Christopher sera enchanté. Une rate de laboratoire qui décroche le rôle principal, c'est du bonbon pour son documentaire.

— Pas une rate de laboratoire, une étoile des sciences.

— Il m'a parlé de toi.

— Quoi ?

— Bon, je vois que ça t'intéresse.

— Sérieusement, a-t-il vraiment parlé de moi ?

— Oui, sérieusement.

Brenda a pris un biscuit dans le panier et l'a grignoté délicatement. J'ai essayé de faire comme si je n'en avais rien à cirer de ce que Christopher avait dit. J'ai réussi à tenir au moins trois secondes :

— Vas-tu me dire ce qu'il a dit ?

Brenda a souri et a enfin répondu :

— Il trouvait que c'était sympa de m'avoir aidée pour l'audition. Il voulait mieux te connaître.

— Que lui as-tu dit ?

— Je lui ai dit que tu étais une espionne internationale en mission.

— Quoi ?

— Non, je n'ai pas dit ça, a répliqué Brenda en riant. Je lui ai dit que tu étais quelqu'un de difficile à cerner, une fille complexe. Tu es comme un trou noir ou le continuum espace-temps.

— Je n'ai jamais été comparée à un phénomène céleste auparavant.

— Tu défies toute comparaison typique. Il a également mentionné que le cinéma de la rue Principale passe des

films classiques les mardis soirs. Il y va chaque semaine...
Au cas où quelqu'un que je connais serait intéressé.

J'ai senti mon cœur s'emballer. J'ai réussi à dire :

— Il a dit ça, hein ?

— Ouais. Je dois y aller pour téléphoner à madame H,
a conclu Brenda en descendant l'escalier.

Je me suis assise sur le perron après le départ de Brenda.
Une partie de moi souhaitait renoncer à tout ce bazar de
vengeance : arrêter de mentir et de me défiler pour pouvoir passer du temps avec Brenda, m'amuser en montant
la comédie musicale et peut-être même voir quelques classiques avec Christopher.

J'ai fermé les yeux et j'ai revécu le moment où j'ai compris que Lauren avait menti à mon sujet. Je la revoyais dans
son jardin, avec sa queue de cheval et cette expression
de suffisance sur le visage. Je me souvenais de l'instant
précis où notre amitié s'était brisée et du fait qu'elle n'avait
jamais versé une larme par la suite. J'ai songé à tous les
succès qu'elle a connus, sans jamais avoir une pensée pour
le poignard qu'elle m'avait enfoncé dans le dos. Il me fallait sortir l'artillerie lourde. Lauren méritait de payer. Ce
que je voulais pour moi n'avait pas d'importance. C'était
une question de justice.

28

Le cinéma était situé dans ce qui était qualifié de centre-ville à Terrace. L'année de mon déménagement, le conseil municipal avait décidé que celui-ci avait besoin d'être revampé. Le résultat semblait aussi factice qu'un décor hollywoodien, rappelant une petite ville de la Nouvelle-Angleterre avec des lampadaires ouvragés et des devantures de bois et de brique.

J'ai été surprise de constater que le vieux cinéma construit dans les années 1950 était toujours là. Les superproductions passaient maintenant au multiplex du centre commercial. Ma grand-mère m'a appris qu'on avait tenté d'y présenter des films d'art pendant un moment, mais à Terrace, les amateurs ne couraient pas les rues. Maintenant, le cinéma survivait en repassant des films moins récents pour un prix modique ainsi que des classiques le mardi soir, apparemment. J'avais vraiment hâte d'aller au cinéma. C'était la cerise sur le *sundae* d'une journée presque parfaite.

Madame H avait affiché la liste des rôles près de son bureau tôt le matin. J'aurais voulu être là, mais une amie de ma grand-mère s'était cassé la hanche la veille. Grand-maman lui avait préparé un immense panier de prompt rétablissement composé de thé, de muffins maison, d'un plat à réchauffer, de quelques livres, d'un ou deux magazines et d'une carte. Elle voulait que j'aille le porter chez sa copine avant d'aller à l'école. Le paquet était aussi lourd qu'une voiture Smart. J'ai manqué le drame épique, mais j'en ai entendu parler à souhait.

Quand Lauren a vu la distribution des rôles, elle s'est enfermée dans les toilettes. Elle avait obtenu le rôle de la mère d'Henry Higgins et – mieux encore – elle était la doublure pour Eliza. Apparemment, un attroupement s'était formé devant la porte de la salle de bains, parce qu'on entendait Lauren pleurer et donner des coups de pied sur les portes des cabines. Lorsque la conseillère de l'école a eu vent de la crise, elle est allée rejoindre la geignarde, mais Lauren a refusé de lui parler. Elle s'était enfermée dans une cabine. Bailey et Kyla ont eu la permission de sortir de classe pour tenter de la raisonner. Comme elles n'ont pas réussi, quelqu'un a dû appeler la mère de Lauren. Madame Wood est arrivée dix minutes plus tard, élégamment vêtue, arborant une espèce de sourire feint. La conseillère est sortie pour laisser Lauren et sa mère discuter. Kyla m'a dit qu'on entendait hurler sa mère jusque dans le couloir. Elle lui criait de « se ressaisir » et de « cesser de faire honte à toute la famille ».

Quinze minutes plus tard, Lauren est enfin sortie. Elle s'était lavé le visage et souriait timidement. Quand je l'ai vue au dîner, elle insistait pour nous convaincre que c'était pour le mieux. Qu'en ne jouant pas le rôle principal, elle aurait plus de temps pour le *cheerleading* – après tout, elle était capitaine de l'équipe. On aurait pu la croire en faisant abstraction de son visage figé et de ses yeux hagards. Elle s'assurait aussi de rire très fort dès que quelqu'un disait quelque chose, que ce soit drôle ou non. Elle jetait constamment des œillades en direction de Brenda qui était entourée d'élèves de la troupe. Bailey et Kyla me faisaient signe quand Lauren avait la tête ailleurs. Kyla a arqué ses sourcils et j'en ai déduit qu'elle voulait dire : « Regardez qui a enfin eu ce qu'elle méritait. »

J'espérais toujours voir Lauren s'effondrer en personne, mais elle semblait de plus en plus assurée à mesure que les heures passaient. Je ne l'aimais pas, mais il fallait reconnaître qu'elle était beaucoup plus solide qu'elle ne le paraissait.

J'ai consulté l'horaire affiché. On présentait *L'Introuvable*, avec William Powell et Myrna Loy. Je l'avais vu à la télé à quelques reprises. C'était un bon policier qui se déroulait dans la haute société des années 1920, époque bénie des martinis et des vêtements fabuleux. J'ai acheté un billet et je suis entrée.

Dans le hall, on vendait au comptoir les friandises habituelles, mais aussi de vieilles marques de bonbons qu'on ne voyait plus. La plupart des gens dans la file semblaient faire partie de l'âge d'or. Il n'y avait personne de mon âge à l'exception de la fille taciturne à la narine percée qui se tenait derrière le comptoir.

Je me suis glissée dans le fond du cinéma pour que mes yeux s'ajustent à la pénombre. Le film commençait et la lumière se reflétait sur les visages. Le premier que j'ai pu discerner était celui de Christopher. Je suis descendue vers sa rangée et je me suis assise à côté de lui. Nous fixions tous les deux l'écran. Pendant quelques minutes, il n'a rien dit.

— Des menthes ?

Il avait posé la question à voix basse en agitant la boîte. J'ai avancé ma main, paume ouverte, et il a versé une petite poignée de friandises. Il en a pris une en effleurant mes doigts et j'ai senti tous les nerfs de mon bras tressaillir à son contact.. Quand ma paume s'est vidée, il a semblé naturel pour lui d'y mettre sa main. Nous nous sommes tenus ainsi pendant tout le film. C'était une bonne chose de l'avoir déjà vu, parce que j'avais beaucoup de mal à me concentrer. C'était dû en partie à la proximité de Christopher et à sa main dans la mienne, mais aussi au couple de gens âgés devant nous qui n'arrêtaient pas de chuchoter. Ils devaient se partager le même appareil auditif. Le vieil homme n'arrêtait pas de murmurer à sa femme : « Qu'est-ce qu'il a dit ? »

La seule chose qui aurait rendu cette soirée encore plus parfaite aurait été que Lauren nous voie. J'adore les vieux films, mais j'aurais aimé que nous soyons allés voir une nouveauté. Ainsi, il y aurait eu plus de chance que quelqu'un nous rencontre et que mon ennemi l'apprenne. Ici, c'était peu probable que quiconque vende la mèche, à moins que sa grand-mère ne soit dans la salle.

Lorsque la lumière est revenue, Christopher ne s'est pas levé. C'était un vrai cinéphile qui tenait à savoir le nom du moindre éclairagiste. À la fin du générique, nous étions les deux seules personnes dans le cinéma. Il m'a demandé :

— Savais-tu qu'il y avait eu six films avec ce même détective ? À l'époque, ils s'attachaient aux personnages...

— C'est certain, de nos jours, nous nous contentons d'une vingtaine de James Bond, ai-je répliqué.

— Très juste.

Christopher s'est levé et s'est dirigé vers le hall. Tous ceux qui travaillaient au cinéma le saluaient de la tête. J'avais le sentiment qu'il venait souvent.

Il faisait froid dehors et Christopher a abandonné ma main pour remonter la fermeture éclair de son blouson. J'ai mis mes doigts dans mes poches, parce que ça me semblait bizarre de les laisser pendre dans le froid mordant.

Apparemment, Terrace avait décidé de sauter l'automne pour aller directement à l'hiver. Christopher a dit :

— Je ne savais pas si tu allais venir.

— Tu ne m'as pas officiellement invitée.

— Alors, puis-je t'inviter à prendre un café ?

— Non.

J'ai attendu quelques secondes avant d'ajouter :

— Je bois plutôt du thé. Le café me surexcite.

— Et on ne voudrait surtout pas que tu sois surexcitée.

Nous sommes allés au café Caféine avec sa voiture, une vieille Honda qui semblait tenir grâce à de la broche. Ce qui m'a impressionnée, c'est qu'il n'a pas tenté de s'excuser pour l'état de sa bagnole comme l'auraient fait la plupart des gens. C'était sa voiture et si quelqu'un ne l'aimait pas, j'avais le sentiment qu'il lui demanderait simplement de descendre. Quand nous sommes entrés dans le café, un couple venait de libérer deux fauteuils de cuir usé devant le foyer. Christopher a dit :

— Réserve les fauteuils, je vais chercher à boire.

J'ai fouillé dans ma poche pour lui donner de l'argent. Il fallait que je me procure un nouveau sac à main. Je n'avais pas encore remplacé l'autre depuis l'incident de la fraise-torpille. J'avais espéré qu'en le lavant à fond et en l'aspergeant de Febreze, ça allait suffire, mais c'était peine perdue. Je ne m'en plaignais pas, le résultat valait bien ça. J'ai tendu l'argent, mais Christopher l'a repoussé en disant :

— Je crois que je peux t'offrir le thé.

J'ai enlevé mes chaussures et je me suis installée sur le fauteuil en ramenant mes pieds sous moi. C'était un foyer au gaz décoratif, mais il générait un peu de chaleur. La porte s'est ouverte et un vent froid s'est engouffré dans le café. Cependant, c'est sa voix qui m'a donné des frissons. Lauren.

Bailey m'a vue la première et m'a saluée avec autant d'énergie que les créatures en peluche de Disney à l'entrée du Royaume enchanté devant un invité de la fondation Rêves d'enfants. Si on pouvait embouteiller l'énergie de Bailey, ce serait plus efficace que le Prozac. Habituellement, les gens aussi heureux qu'elle sont médicamentés. Kyla a levé la jambe. Je me demandais ce qu'elle faisait jusqu'à ce que j'aperçoive mes bottes. Je lui ai fait un signe d'approbation. Lauren m'a ignorée. En s'approchant, Bailey a dit :

— J'ai essayé de t'appeler plus tôt. On a décidé d'organiser une soirée de filles.

Elle a désigné Lauren d'un air entendu. J'avais manqué une occasion de la réconforter, mais en avait-elle besoin puisque de toute façon, tout était parfait ? Elle ne voulait pas le rôle en fin de compte et *blablabla*.

— Mon téléphone était fermé. J'étais au cinéma, ai-je répondu.

Christopher apportait nos boissons chaudes. Il marchait lentement en saluant les gens de la tête. Lauren s'est exclamée d'une voix claire :

— Christopher ! J'imagine que tu ne peux pas te passer de moi. Je te vois partout ces temps-ci. Si ça continue, je vais croire que tu me suis.

— Comment pourrait-on se passer de toi, Lauren ?

— Est-ce pour moi ? a-t-elle demandé en montrant la deuxième tasse. Comment as-tu su que je voulais un thé chaud ?

— C'est pour Claire.

Bailey et Kyla m'ont dévisagée. Kyla a haussé un sourcil et j'ai senti que je rougissais. Bailey était si excitée que j'ai cru qu'elle allait léviter. J'ai attrapé mon thé et j'ai pris une gorgée. L'eau bouillante m'a brûlé la bouche. Lauren a examiné Christopher d'abord, puis s'est tourné vers moi.

Je soupçonnais que la plupart des gens ne pouvaient pas deviner à quel point elle était en colère, mais je voyais ses narines qui se dilataient et le nœud dans sa poitrine qui troublait sa respiration.

— Oups ! Désolée. Je ne voudrais pas gâcher votre super rendez-vous, a dit Lauren en faisant une pause pour voir si nous allions la corriger.

— Pas de problème, a répondu Christopher en s'assoyant dans le fauteuil voisin du mien.

— Comment vas-tu ?

J'avais fait de mon mieux pour que mon visage exprime de la sympathie, mais Lauren a répondu en appuyant sur chaque mot :

— Je vais bien.

— Es-tu certaine ? J'imagine que tu dois être déçue. C'est bien que tu sois capable de sortir avec tes... – j'ai fait une pause pour que le mot suivant la transperce – amies pour te changer les idées.

Les narines de Lauren frémissaient à qui mieux mieux. J'ai touché la main de Christopher pour bien lui montrer que certaines personnes ne se contentaient pas de sortir avec leurs amies. Certaines personnes sortaient avec un garçon. Lauren a conclu :

— Merci de t'inquiéter pour moi, mais je le répète, je vais bien.

Lauren est partie vers le comptoir d'un pas lourd pour commander. Bailey et Kyla l'ont suivie. Bailey m'a fait un clin d'œil hyper évident en s'imaginant que Christopher ne pouvait pas le voir. Christopher a attendu qu'elles se soient éloignées avant de dire :

— Je ne comprends pas que tu sois l'amie de Lauren.

J'ai haussé les épaules. Je ne savais pas quoi répondre. Je n'arrivais pas à trouver la moindre qualité chez elle qui expliquerait qu'on veuille être son amie. J'ignorais ce qu'il pensait d'elle. Croyait-il que j'étais chanceuse d'être admise dans son cercle sacré ou que j'étais une idiote de la fréquenter ? C'était mon devoir de le tirer de ses griffes avant qu'il ne soit envoûté comme les autres. Il était impertinent avec elle, mais j'étais incapable de déterminer si c'étaient des taquineries amicales ou du sarcasme teinté de dédain. J'ai finalement répondu :

— Je suis surtout amie avec Kyla et Bailey.

— Ça brise un peu la Sainte Trinité, non ? Ces trois-là sont inséparables depuis leur arrivée à Lincoln.

J'ai encore haussé les épaules. À ce rythme-là, il allait croire que j'étais une « retardée conversationnelle » agitée de spasmes d'épaules.

— Et toi ? ai-je demandé.

— Quoi, moi ?

— Que penses-tu de mademoiselle Wood ?

Christopher a reculé, l'air surpris, en répétant :

— Lauren ?

— Oui. Comment la trouves-tu ?

Christopher n'a pas répondu. Il m'a simplement regardée. Lauren, Bailey et Kyla étaient assises à une table. Bailey et Kyla discutaient, mais Lauren me fixait. Si ses yeux avaient été des poignards, je me serais retrouvée six pieds sous terre dans le temps de le dire. En touchant l'épaule de Christopher pour que Lauren voie bien le geste, j'ai ajouté :

— Je me demandais, c'est tout.

— Je ne crois pas être son type de gars.

J'ai retiré ma main. Il n'avait pas dit qu'elle n'était pas *son* type à lui. J'ai préféré changer de sujet :

— Tu ne sembles pas avoir beaucoup d'amis.

— Je suis peut-être quelqu'un qui aime sa propre compagnie.

— Ah, un solitaire, ai-je répondu en prenant une gorgée de thé.

— Si on veut.

Christopher me fixait. J'ai touché le bout de mon nez pour vérifier s'il n'y avait pas quelque chose. Il me scrutait si intensément que j'avais l'impression d'être sous un rayon X. Je n'étais pas certaine de vouloir qu'il découvre ce qui se cachait sous la surface. J'ai finalement demandé :

— Quoi ?

— Qu'est-ce qu'il y a ?

— Pourquoi me fixes-tu ?

— Je pensais que les filles aimaient que les garçons les regardent dans les yeux.

— As-tu lu *Cosmo* ? ai-je demandé d'un ton moqueur.

— Non, ce magazine ne contient que des inepties. La dernière fois que je l'ai lu, on présentait : *Vingt-cinq façons de le rendre fou* et je suis convaincu que seulement vingt-deux d'entre elles fonctionnent.

J'ai essayé de rire normalement comme si j'avais l'habitude de blaguer sur des trucs sexuels avec de beaux garçons, mais le seul son que j'ai pu émettre rappelait le cri que lancent les caniches quand quelqu'un marche sur leur queue.

— Est-ce que ça va ? a demandé Christopher.

— Hum... Le thé a dû passer au mauvais endroit.

Christopher a souri. J'avais l'impression qu'il savait que je mentais. J'ignorais si je voulais qu'on parle encore de l'article du *Cosmo*. Si je le lisais, est-ce que je devinerais quels trucs de la liste ne fonctionneraient pas avec lui ? Christopher a coupé court à mes réflexions :

— Je n'arrive pas à te cerner.

— Compliquée, c'est mon nom.

— Oui, disons-le.

Il m'a dévisagée encore longuement avant d'ajouter :

— On ne peut pas te classer dans une catégorie.

— J'ai essayé une fois de me glisser dans la définition de quelqu'un d'autre, mais ça n'a pas fonctionné.

— Alors, tu devrais rester unique.

Il s'est enfoncé dans le fauteuil. Le feu crépitait. Il a commencé à m'effleurer le bras en dessinant des huit. J'espérais de tout cœur que Lauren ne manque pas une minute du spectacle. Si je devais dresser une liste des *Vingt-cinq façons de me rendre folle*, cela ferait sûrement partie des cinq premières. Je me demandais ce qui arriverait si je laissais échapper un gémissement au milieu du café.

Quand mon téléphone a sonné, j'ai bondi. J'ai sorti le cellulaire de ma poche si rapidement qu'il m'a glissé des mains et s'est retrouvé sur les genoux de Christopher. Je l'ai rattrapé instinctivement. À l'évidence, Christopher ne s'attendait pas à ce que je plonge sur son entrejambe (je devine que cette manœuvre ne figurait pas sur la liste de *Cosmo*). Il a sursauté et renversé son café sur le plancher. Tous les clients se sont tournés vers nous. Je donnais à Lauren l'occasion de sourire. J'ai appuyé sur le bouton. *J'espère que c'est une urgence.*

— Helen !

La voix de grand-maman a résonné dans mon oreille. Elle semblait surprise, comme si elle avait voulu appeler quelqu'un d'autre.

— Grand-maman ?

Il y a eu un moment de silence. J'ai fait un petit sourire à Christopher pour m'excuser. Il nettoyait le plancher avec des serviettes de papier. Grand-maman a dit :

— Je vérifie à quelle heure tu comptes rentrer. Tu vas à l'école demain.

— Je rentrerai bientôt.

— Peux-tu définir « bientôt » ? Il est déjà passé vingt-deux heures.

— Grand-maman.

— Helen.

J'ai levé les yeux au ciel pour signaler à Christopher la folie qui caractérisait ma famille et j'ai répondu :

— Je serai là dans une heure.

— Une demi-heure.

— L'an prochain, je serai à l'université et je vivrai seule.

— Alors, l'an prochain, tu pourras rentrer à l'heure que tu voudras.

— Je peux te ramener à ta voiture maintenant si tu dois partir, m'a chuchoté Christopher.

— Je serai là dans une demi-heure.

J'ai raccroché avant que grand-maman puisse commencer son sermon sur l'« importance des limites ».

— Je suis désolée.

Je ne savais pas si je m'excusais d'avoir à rentrer ou d'avoir sauté sur son entrejambe quand le téléphone avait sonné.

— Ne t'en fais pas, moi aussi, j'ai une famille.

— Je remarque que la tienne ne t'appelle pas pour vérifier ce que tu fais comme si tu avais cinq ans. C'est une déformation professionnelle. Elle était travailleuse sociale auprès des délinquants juvéniles.

— Comment s'appelle-t-elle ? Je la connais peut-être.

Je l'ai regardé, l'air choqué. Il a précisé :

— Je blaguais. C'est une farce.

J'ai ri comme si j'avais su que c'était une blague depuis le début. Il m'a demandé :

— Pourquoi ta grand-mère t'appelle-t-elle Helen ?

Je me suis étouffée avec mon thé quand ma gorge s'est serrée. Christopher m'a donné quelques claques dans le dos.

— Quoi ?

J'ai dit ça en espérant que si je gagnais du temps, il oublierait la question ou j'avalerais ma langue. En fait, je me serais contentée d'une catastrophe naturelle, d'un faible tremblement de terre, de n'importe quoi pour changer de sujet.

— Je l'ai entendue, elle t'a appelée Helen.

Mon cerveau a surchauffé à la recherche d'une réponse plausible. J'ai finalement répondu :

— C'est le nom de sa sœur.

Cette réponse avait l'avantage d'être vraie, mais le désavantage de n'avoir rien à voir avec la question de Christopher. Il a poursuivi l'interrogatoire :

— Est-ce que ta grand-mère te confond souvent avec sa sœur ?

J'ai ri très fort, comme si c'était la meilleure blague que j'avais entendue de ma vie. J'ai arrêté sec quand j'ai vu son expression.

— C'est également mon deuxième prénom et elle l'aime beaucoup. Tu sais comment les grands-parents peuvent être bizarres.

— Alors, il est temps de te conduire à ta voiture, Helen.

— Ne m'appelle pas comme ça.

J'avais répondu vivement. J'ai jeté un coup d'œil vers Lauren pour m'assurer qu'elle ne l'avait pas entendu. J'ai ajouté :

— Ça me rend folle quand ma grand-mère fait ça.

— Oh, je ne voudrais pas te rendre folle.

Il s'est levé et s'est dirigé vers la porte. Je l'ai suivi. Les choses allaient si bien et j'avais tout gâché en agissant comme une tarée. Nous sommes revenus à ma voiture en silence. Une fois au cinéma, j'ai attendu un peu dans l'espoir qu'il recommence à effleurer mon bras, mais il a gardé les mains sur le volant.

— J'ai passé une belle soirée, l'ai-je remercié.

— Moi aussi.

J'ai attendu qu'il dise autre chose, comme de proposer de remettre ça, mais il n'a pas bougé. J'ai ajouté :

— Merci pour le thé et pour m'avoir mentionné le film.

— Ils passent des classiques tous les mardis.

— Génial.

— Vraiment ? Je pensais que tu n'aimais pas les vieux films, que c'était... comment disais-tu ? Ah oui, à prendre ou à laisser.

— Je suis une fille, j'ai le droit de changer d'avis. Ne disais-tu pas aimer que je ne puisse être classée dans aucune catégorie ?

Il n'a rien répondu. Si j'arrêtais d'agir comme Claire et que j'agissais comme Helen, j'avais le sentiment que tout irait mieux. Je pourrais avouer que j'aime les vieux films aussi. Je n'aurais pas à inventer mensonge sur mensonge. Mais abandonner Claire aurait signifié renoncer à me venger de Lauren.

— À bientôt, ai-je conclu.

Je me suis assise dans ma voiture. Il a attendu que je mette le moteur en marche et m'a saluée avant de partir. J'ai réfléchi dans le noir. C'était probablement préférable qu'il n'ait pas essayé de m'embrasser. Après tout, j'étais ici pour me venger, pas pour tomber amoureuse. L'univers allait être confus si je changeais d'objectif tout le temps. Ce qui importait avec Christopher, c'est qu'il ne tombe pas entre les griffes de Lauren. Le but de mon année à Terrace n'était pas d'avoir un amoureux. Même si je n'avais pas encore atteint mon objectif de vengeance totale, les choses allaient bon train.

En théorie, j'aurais dû être aux anges, alors je ne comprenais pas pourquoi j'avais envie de pleurer.

29

Bailey et Kyla pouvaient prétendre à une carrière d'interrogatrices à la CIA. Les lumières aveuglantes et les objets de torture étaient les seuls éléments manquant à leur technique. Les questions sur ma soirée avec Christopher ont commencé dans le cours d'espagnol et se sont poursuivies jusqu'au dîner. Quand nous nous sommes assises à la cafétéria, chaque minute de la soirée avait été analysée et nous étions passées à la dimension du mobile. Bailey s'est approchée de moi par-dessus la table comme si nous discutions de secrets d'État :

— Quand vous vous êtes tenu la main, as-tu pris la sienne ou a-t-il pris la tienne ? Qui a fait le premier pas ?

— Qu'est-ce que ça peut faire ? a demandé Lauren pour changer de sujet.

Elle avait une tache de rouge à lèvres sur une dent. Personne ne le lui avait mentionné. Elle ne mangeait rien, se contentant d'une tisane. Bailey a répliqué :

— Tu divagues. C'est super important. Ça nous apprend s'il a pris le contrôle de la relation. On peut déduire beaucoup de choses de ce geste.

J'ai avalé une tomate cerise de ma salade avant de répondre :

— C'est un peu les deux. Ma main traînait là, mais c'est lui qui l'a prise.

— Je le savais ! a crié Bailey. Il t'aime. Ce n'est pas le genre de gars qui prendrait la main de quelqu'un par accident.

Je me suis demandé si la prise de main par accident était un événement courant dans le monde de Bailey.

— Très impressionnant, mademoiselle Dantes, a ajouté Kyla. Plusieurs filles avaient l'œil sur lui. Tu déménages ici et tu lui fais perdre la tête en un temps record. Il devait attendre la fille de ses rêves.

— Peut-être. Mais il n'a pas appelé hier et il ne m'a pas parlé aujourd'hui, ai-je précisé.

Kyla a balayé mes inquiétudes du revers de la main :

— Les hommes ! Il veut prouver qu'il est indépendant. C'est lié à leur testostérone. Tu dois le laisser venir à toi. Ne sois pas trop facile à séduire.

— Facile à séduire, hein ? Un commentaire intéressant de ta part, a craché Lauren.

— Qu'est-ce que tu veux dire, Lauren ? a rétorqué Kyla en échappant sa fourchette.

Lauren a eu un geste de recul. Elle n'était pas habituée aux répliques de ses laquais. Elle a dit :

— Du calme, c'était une blague.

— Elle n'était pas drôle. Peut-être que c'est toi qui devrais éviter de donner des conseils sur les relations, a riposté Kyla.

Nous nous sommes tournées vers la table où Justin mangeait en compagnie de Tiffany. Cette élève plus jeune que nous avait plus de poitrine que de cerveau, mais il semblait évident que Justin n'était pas du tout traumatisé par la rupture.

Les joues rouges, Lauren a répété :

— J'ai dit que c'était une blague. J'en avais marre de cette conversation. Ils ont passé une soirée ensemble et ce n'était même pas un vrai rendez-vous, ils se sont croisés au cinéma. Pardonnez-moi si je n'ai pas envie de passer l'heure du dîner à entendre le compte rendu minute par minute.

— C'est normal d'être triste à cause de ta rupture, a dit Bailey en tapotant le bras de Lauren. Mais même si tu es triste, tu devrais être contente pour tes amies.

— D'accord, je suis transportée de joie, a dit Lauren en retirant son bras. Cette soirée semble avoir été extraordinairement merveilleuse. J'espère que vous en passerez des centaines d'autres tous les deux.

Lauren s'est levée et a quitté la cafétéria avec sa démarche dramatique. Kyla a commenté en attaquant sa salade :

— Ses crises de *prima donna*, on commence à en avoir marre. Si elle continue comme ça, Justin ne sera pas le seul à ne plus vouloir s'approcher d'elle.

J'ai attendu quelques secondes, mais même Bailey n'a pas pris la défense de Lauren. Ni l'une ni l'autre ne semblait vouloir la suivre.

Je regardais encore la porte par laquelle était sortie Lauren lorsque j'ai vu Brenda avec son plateau. Elle cherchait une place. Elle a souri quand elle m'a aperçue. Je me suis retournée d'un coup. J'aurais eu envie de manger avec elle, mais il était impossible qu'elle se joigne à nous. Pas maintenant. Pas quand les choses allaient si bien. La maîtrise que j'avais de la situation était trop fragile. Le meilleur moyen pour que je perde mon statut dans ce cercle restreint était d'y admettre une personne qui n'y était pas à sa place. Bailey m'a demandé :

— De quoi avez-vous parlé au café ?

C'était peut-être dû au fait que j'avais déjà raconté six fois toute cette histoire, mais je n'y trouvais plus aucun plaisir. J'ai poussé mon repas. Je n'avais plus envie de manger ma salade.

30

La culpabilité est un sentiment bizarre. Elle nous pousse à faire toutes sortes de choses que nous n'aurions jamais imaginées.

Brenda avait vu une demande d'aide provenant d'une école primaire et elle était super enthousiaste. C'était une activité de service à la communauté qu'elle pourrait inscrire sur sa demande d'université. Quand elle a appris qu'il s'agissait d'aider des élèves de deuxième année dans leur cours d'art, elle m'a convaincue de lui donner un coup de main. Elle n'avait pas mentionné l'incident de la cafétéria, mais il était toujours présent entre nous. C'était moins compliqué pour moi de l'aider pour ce projet que de lui demander pardon.

Brenda étant Brenda, elle avait fait des recherches sur l'histoire de l'art et sur des techniques artistiques, telles que la perspective et la ligne d'horizon. Elle n'avait pas pris en compte le fait que des élèves de deuxième année préfèrent manger leurs crayons plutôt que d'apprendre que les objets semblent plus petits lorsqu'ils sont loin, ces trucs ne sont pas non toxiques pour rien.

Les élèves étaient assis par terre devant nous. Un garçon agitait la main comme un forcené. Brenda a soupiré. Il l'avait déjà interrogée plusieurs fois et je voyais bien que ce n'était pas le genre de questions pour lesquelles elle s'était préparée.

— Le gars, Van Gorge, qui s'est coupé l'oreille, est-ce qu'il l'a mangée?

— Il s'appelait Van Gogh. Veux-tu entendre parler de ses peintures? a répondu Brenda.

— A-t-il coupé d'autres parties de son corps?

Le garçon faisait de grands gestes comme s'il tenait une épée. J'ai pris le relais:

— Beaucoup. À la fin de sa carrière, il ne lui restait qu'un œil et un pouce.

— Génial!

Brenda m'a lancé un regard furibond. L'enseignante ne faisait pas attention à nous. Elle lisait un magazine à potins dans le fond de la classe. On aurait pu donner un cours sur la sexualité et elle n'aurait même pas bronché. Ses élèves de deuxième année auraient pu mettre des condoms à des bananes qu'elle n'aurait pas levé les yeux de son article sur George Clooney. Brenda a repris la parole:

— Claire te fait marcher. Il n'a rien coupé d'autre. Est-ce que quelqu'un aurait une question sur l'art?

Brenda parcourait la classe d'un air désespéré. Le même garçon a lancé:

— Si on mange un crayon vert, est-ce qu'on fait du caca vert?

Tous les élèves ont éclaté de rire. Comme Brenda semblait avoir abandonné la partie en se laissant tomber sur un tabouret, j'ai répondu:

— Non, je te le garantis. Et ça ne fonctionne pas non plus avec de la gouache.

— Dégoûtant! s'est exclamée une petite fille avec une douzaine de barrettes dans les cheveux.

— Je suis d'accord avec toi, ai-je dit.

— C'était une époque de confusion artistique où des visions sur la nature de l'art s'affrontaient.

Brenda tentait encore d'éduquer les leaders de demain sur autre chose que les oreilles coupées et le caca vert. Les élèves m'ont regardée, perplexes. J'ai expliqué :

— Les gens ne s'entendaient pas. C'est comme pour Bob l'éponge, certains l'aiment, d'autres le trouvent dégoûtant.

— Terminons la leçon d'histoire ici pour faire place à la création.

Brenda avait changé de stratégie. Elle leur indiquait les pupitres qui avaient été rassemblés en îlots dans la pièce. L'enseignante les avait recouverts de grands cartons et elle avait distribué des pots de gouache. Brenda a expliqué :

— Vous travaillerez en équipe pour faire une peinture. Aujourd'hui, nous avons parlé de plusieurs genres possibles : des paysages, des natures mortes, des portraits et de l'art abstrait. Vous pouvez peindre ce que vous voulez. C'est ce qu'on appelle la liberté artistique.

— Peut-on peindre des gens qui se coupent les oreilles ?

Devinez qui a posé cette question. Je commençais à craindre que ce petit ne devienne un tueur en série. Si je vivais près de chez lui, je surveillerais les animaux de compagnie de près.

Brenda a levé les yeux vers l'enseignante pour avoir son avis. Elle a dû s'éclaircir la gorge à plusieurs reprises pour attirer son attention :

— Non, Richard. Tu ne peux pas peindre des gens mutilés.

L'enseignante avait parlé d'un ton monotone avant de se replonger dans son magazine.

— Mais alors, je ne suis pas libre !

Richard démontrait qu'il avait compris le concept de liberté artistique, ce qui m'avait semblé trop complexe pour la deuxième année du primaire. L'enseignante a répondu :

— Tu as raison. Tu n'es pas libre. Tu es en deuxième année.

Richard a donné un coup de pied au tapis avant d'aller s'asseoir. Nous sommes restées un moment pour les aider. Je serais restée là tout l'après-midi. J'aime les enfants. Il est beaucoup plus facile de naviguer au primaire qu'au secondaire. Dans cette classe, je pouvais être moi. Je n'avais pas à me préoccuper du personnage de Claire. La popularité demande beaucoup d'énergie. Il faut sourire aux bonnes personnes pour ne pas passer pour trop snob et ignorer les mauvaises pour ne pas perdre son statut. De plus, j'adore l'odeur de la gouache. Après la période, l'enseignante nous a donné une tablette de chocolat pour nous remercier. Brenda a tenté de la convaincre que ce n'était pas nécessaire, mais j'ai dit simplement merci. « Ne jamais refuser du chocolat gratuit » est l'une de mes devises.

J'ai déballé ma Kit Kat et j'en ai donné un morceau à Brenda.

— Merci de m'avoir invitée. C'était amusant, et pas seulement parce qu'on manquait le cours de maths.

— Tu pourras l'inscrire sur ta demande d'université, m'a rappelé Brenda.

— Bien sûr.

— Tu as encore le temps d'envoyer tes demandes.

J'ai hoché la tête distraitement. J'avais une pile de demandes sur mon bureau à la maison, mais il me semblait surréaliste qu'on attende de moi que je sache où aller, quel programme choisir et quels étaient mes plans d'avenir. Comment étais-je censée savoir ce que je voulais faire ? Pourquoi les adultes dans ma vie, qui ne me faisaient pas confiance pour décider de mon emploi du temps après minuit, croyaient-ils que je pouvais prendre ce type de décision ? J'ai lancé :

— Je prendrai peut-être une année sabbatique.

— Pour faire *quoi* ? a demandé Brenda en plissant le nez.

— Je ne sais pas. C'est un peu le but d'une année sabbatique, non, réfléchir à ce qu'on veut faire ?

— Tu pourrais aller à l'université de Boston. Si je suis acceptée au MIT, on serait dans la même ville.

— Peut-être.

Je n'arrivais pas à me visualiser au-delà de l'année. Tout était centré sur Lauren depuis si longtemps que je ne pouvais pas imaginer ce qui se passerait ensuite. Mon avenir était un écran vide. Brenda a poursuivi :

— On pourrait prendre un appartement ensemble après un an ou deux. Mes parents préfèrent que j'habite en résidence au début.

— Je ne crois pas que tu devrais te fier à moi.

— C'est ce que je comprends, a dit Brenda.

— Tu sais, ce n'est pas que je n'ai pas envie de passer plus de temps avec toi, mais je ne peux pas. Je dois mettre de l'ordre dans certaines choses.

— Mais qui t'a fait du mal ?

— Personne ne m'a fait de mal.

Brenda a émis un grognement d'incrédulité avant de se lancer :

— Tu n'as pas à me le dire si tu ne veux pas, mais ça se voit. Tu ne laisses personne t'approcher de trop près. Tu sais, on ne peut pas te faire de mal à moins que tu ne le permettes.

— Si tu penses ça, c'est que personne ne t'a jamais trahie.

— Je ne veux pas que ça sonne simpliste, mais si tu t'accroches à ta douleur, tu ne t'en remettras jamais. C'est comme quand on gratte la croûte d'un bobo.

— Arrêtons de parler de mes bobos, d'accord ?

— Mais si tu veux guérir, il faut que tu lâches prise.

— Ça va, Oprah. C'est assez, ai-je répliqué.

— Les amis sont là pour s'aider, a rétorqué Brenda.

— Je ne t'ai pas demandé de m'aider. En fait, je t'ai dit clairement qu'il y avait des choses dont je ne voulais pas parler, mais tu ne fais qu'insister. Arrête d'essayer d'être mon amie.

Brenda s'est arrêtée et m'a dévisagée, les yeux écarquillés. J'ai ajouté :

— Quoi ? Je pensais que les choses ne pouvaient pas te faire de mal à moins que tu ne le permettes.

La tête de Brenda a eu un mouvement sec, comme si je l'avais giflée. J'ai souhaité pouvoir revenir en arrière pour reprendre cette phrase. Si j'étais Helen, c'est ce que j'aurais fait, mais je devais rester Claire encore un moment. Lauren était sur le point de craquer. Brenda n'a rien ajouté. Elle s'est mise en route vers l'école, ses épaules remontant vers les oreilles. Elle a repris sa démarche de Frankenstein. Je l'ai regardée s'éloigner, puis j'ai donné un coup de pied sur le mur.

31

Christopher était adossé à ma voiture après l'école. À le voir, on avait l'impression que ses membres flottaient surnaturellement. Quand je me suis approchée, il m'a demandé :

— Aimes-tu les partys ?

La vraie réponse à cette question était que je n'en avais aucune idée. On ne m'avait pas souvent invitée à des partys récemment. Cependant, Claire devait être allée à une multitude de ces soirées étudiantes. J'ai répondu en mettant une main sur la hanche :

— Ça dépend des invités.

— Veux-tu venir avec moi à un party ce soir ?

— Un rendez-vous officiel ?

J'ai détesté le son strident de ma voix. Christopher a répondu :

— C'est ce que je pensais. Je me disais qu'on devrait peut-être faire une nouvelle tentative en dehors d'un cinéma.

— C'est dans le noir que je suis le mieux.

Dès que les mots sont sortis de ma bouche, j'ai su que le double sens l'avait emporté.

— C'est prometteur, a dit Christopher.

— Ce que je voulais dire, c'est que j'ai bien aimé aller au cinéma avec toi, dans le noir.

J'ai décidé de changer de sujet :

— Qui d'autre sera à ce party?

— Es-tu en train de me dire que tu ne veux pas venir avec moi à moins que tes amies ne soient là?

— Non, non.

Je ne voulais pas préciser que même si j'avais envie de l'accompagner au party, je désirais surtout que Lauren y soit pour qu'elle nous voie ensemble. J'ai ajouté:

— Je vais y aller.

— Alors, c'est un rendez-vous officiel, a dit Christopher en souriant.

Il a fait un pas vers moi et s'est arrêté. Il allait m'embrasser. Mon cœur battait à tout rompre. Sa main s'est approchée de mon coude et l'a enveloppé pour m'attirer vers lui. J'ai avalé. *Seigneur, faites qu'aucun morceau de Kit Kat ne soit pris entre mes dents.* Ça aurait été le bouquet s'il m'avait embrassée et avait trouvé les restes de ma collation. Personne n'aime le chocolat mâchouillé. Si j'avais su qu'il allait m'embrasser, je serais allée me rincer la bouche. J'ai fermé les yeux. J'ai senti son haleine quand il s'est approché... Menthe.

TUT-TUT!

Nous avons sursauté tous les deux. Le klaxon a résonné une autre fois et, en roulant, le conducteur a crié à un gars assis sur les marches de l'école:

— Joël, regarde ça!

Le garçon sur le siège du passager a pressé ses fesses sur la vitre. Le derrière blême, plutôt poilu, a eu l'effet d'une douche froide sur l'atmosphère romantique. J'avais l'impression que Christopher était aussi de cet avis. Il frottait nerveusement ses paumes sur ses jeans et ne montrait aucun signe qu'il allait revenir au baiser. Ne sachant pas trop quoi dire, j'ai marmonné:

— Alors...

— Ouais. Est-ce que ça va si je vais te chercher chez toi vers dix-huit heures ? Les parents de Julie Baker sont absents et elle organise un barbecue.

— C'est parfait.

Christopher m'a saluée, puis il est parti. Une belle soirée se dessinait.

QUESTION DE POPULARITÉ : COMMENT SAVOIR SI UN PARTY CONNAÎT DU SUCCÈS ?

1. Il y a au moins une personne qui vomit dans le parterre de fleurs.
2. Il y a tellement de monde que quelqu'un a l'idée de garer sa voiture sur la pelouse.
3. Trois couples au minimum ont des relations sexuelles quelque part dans la maison – et au moins deux amoureux se retrouvent sur le lit des parents.
4. Les Doritos, les croustilles et autres friandises salées ont été transformées en fine poudre sur le tapis du salon.
5. Au moins un objet de prix a été cassé. Quelqu'un tentera de le recoller avec de la colle chimique ou du dentifrice, mais ça ne fonctionnera pas.
6. Les boissons renversés ont rendu le plancher de la cuisine si poisseux qu'un élève de petite taille peut rester coincé comme un insecte sur un collant à mouches.
7. Le volume de la musique est assez élevé pour causer des saignements d'oreille. À l'occasion, quelqu'un hurle de baisser la musique pour éviter une visite de la police, mais on le traite de peureux et un petit drôle monte le volume encore plus fort.
8. Un groupe de sportifs est réuni autour de la table et s'adonne à un jeu aux règles compliquées dont le seul but est de s'enivrer le plus vite possible.

Le party de Julie remplissait tous ces critères. Elle ne semblait pas s'en faire. Elle errait dans la maison vêtue du kimono de sa mère en buvant une boisson au vin. On devinait qu'elle était convaincue d'être condamnée à mort lorsque ses parents rentreraient et qu'elle avait décidé de profiter de sa dernière soirée sur terre.

Lauren était déjà au party. Quand Christopher et moi sommes arrivés, c'était évident qu'elle avait déjà beaucoup bu. Il me semblait que l'adjectif « ivre » ne s'appliquait déjà plus, parce qu'elle était au stade où le cerveau flotte littéralement dans l'alcool.

Lauren s'est écroulée sur Kyla en déclarant qu'elle était « sa meilleure amie dans tout le monde entier au complet ! » Kyla a hoché la tête pour manifester son dégoût. Bailey ne semblait pas là. Je me suis demandé sur qui comptait Lauren pour lui tenir les cheveux hors de la toilette quand elle allait vomir, car Kyla ne semblait pas vouloir se porter volontaire.

Nous nous sommes frayé un chemin dans la foule jusqu'à la glacière. Christopher a pris une bière et s'est tourné vers moi. J'ai dit :

— Y a-t-il du Coke Diète ?

Christopher a fouillé dans l'eau glacée et a pris une cannette qu'il a ouverte avant de me la donner. Qui a dit qu'il n'y avait plus de gentleman ?

Nous avons trinqué, puis nous sommes allés nous asseoir dans la véranda arrière où le niveau de bruit nous permettait au moins d'entendre nos pensées. Les murs de la véranda étaient des moustiquaires ; il ne faisait pas aussi froid qu'à l'extérieur, mais c'était beaucoup moins chaud qu'à l'intérieur. Nous pouvions voir la buée de nos respirations.

— As-tu froid ? m'a demandé Christopher.

J'ai commencé par hocher la tête négativement, mais j'ai réalisé que ça ne servait à rien d'être polie, mes frissons étaient trop évidents. Christopher a enlevé son blouson militaire et l'a déposé sur mes épaules. La laine vert olive avait conservé la chaleur de son corps.

— Mieux ? a-t-il demandé.

— Beaucoup.

Nous observions les allées et venues des autres invités. Je savais qu'il fallait que je parle de quelque chose, mais aucun sujet ne me venait à l'esprit. Plus je refusais de parler, plus le silence devenait lourd. Que se passerait-il si le cinéma était notre seul sujet de conversation ? Notre relation était-elle vouée à l'échec ? Serait-il plus facile de lui parler si j'étais moi-même ou était-il seulement intéressé parce que j'étais Claire ? Peut-être que la question de mon identité n'était pas pertinente puisque j'étais condamnée à ne pas avoir de relation par mon absence d'habiletés de communication. J'entendais une phrase en boucle dans ma tête : « *Dis quelque chose, dis quelque chose, dis quelque chose.* » Je me suis jetée à l'eau :

— Savais-tu que Katharine Hepburn faisait toutes ses cascades ? Elle trouvait que les cascadeuses ne se tenaient pas assez droites.

J'ai immédiatement souhaité qu'un météorite tombe du ciel pour que je n'aie pas à poursuivre dans cette voie stupide. Le problème avec les débris stellaires, c'est qu'ils ne causent jamais de cataclysme quand on en a besoin. Prenant sans doute en pitié mon incapacité à dialoguer, Christopher a répondu :

— Honnêtement, je dois avouer que je l'ignorais. J'aurais cru qu'une bonne posture faisait partie des qualifications requises pour devenir cascadeur.

— C'était peut-être sa vision des choses. Elle aimait tout contrôler. C'est ce que disait le gars avec qui je sortais, celui qui étudiait en cinéma.

J'avais lancé cette explication en priant pour que la terre m'avale enfin. Avant de prendre une gorgée de bière, Christopher a ajouté :

— J'ai toujours eu l'impression qu'elle n'était pas une femme capricieuse.

— Qu'est-ce qu'il y a de mal à savoir exactement ce que l'on veut ?

— La vie n'est pas comme dans les vieux films, a répondu Christopher.

Devant mon air confus, il a expliqué :

— Les choses ne sont pas en noir et blanc.

— Certaines choses le sont.

Christopher a haussé les épaules et a ajouté :

— Comprends-moi bien. J'aime Katharine Hepburn. Elle était honnête. On savait ce qu'elle pensait.

J'ai avalé ma salive en me demandant ce qu'il penserait de mon honnêteté moins-que-parfaite sur certains sujets-clés, ma véritable identité, par exemple. J'ai avoué :

— J'ignore pourquoi j'ai parlé de Katharine Hepburn.

— Ne t'en fais pas, les sujets anodins ont leur utilité.

— C'est que je ne suis pas très douée pour ce genre de chose.

— Pour m'assurer qu'on se comprend bien, de quel genre de chose est-on en train de parler ? a demandé Christopher avant de prendre une longue gorgée.

— Être avec quelqu'un.

— Je croyais que c'était une seconde nature chez les jeunes de l'élite, a répliqué Christopher.

— Parfois, ça a l'air facile, mais ça demande souvent beaucoup d'efforts.

Je ne savais pas pourquoi, mais j'ai eu soudainement envie de lui parler de Lauren. Du mal qu'elle m'avait fait et qui m'avait amenée à avoir peur que les gens soient trop proches de moi. J'étais certaine qu'il aurait su quoi dire, qu'il aurait été de bon conseil. Je voulais lui expliquer que j'étais convaincue que les choses étaient noires ou blanches auparavant, mais que dernièrement, il y avait du gris partout.

J'ai ouvert la bouche pour lui avouer quand la porte s'est ouverte pour laisser apparaître Julie. Elle nous a aperçus. Son corps vacillait pendant que sa bouche attendait pour comprendre ce que pensait son cerveau. Elle a dit :

— Il faut que vous veniez à l'intérieur, on joue à un jeu.

En fait, nous avions plutôt entendu : « *Faut que fous eniez à l'intééérieur, zoue un zeu.* »

Un party qui dégénère n'est probablement pas le meilleur endroit pour mettre ses tripes sur la table. À moins que l'on soit Lauren, qui est passée en courant devant nous pour les vomir dans un bosquet.

— Touché ! Coulé !

C'était l'un des sportifs qui avait crié par la fenêtre. La plupart des invités avaient assisté au numéro de Lauren.

— Ce sont les azalées de maman, a dit Julie, la bouche pâteuse.

— Ce n'est pas son heure de gloire, ai-je ajouté.

— C'est quoi, ton problème avec Lauren ? a demandé Christopher.

— Je n'ai pas de problème.

— Tu passes beaucoup de temps à te tracasser pour quelque chose qui n'est pas un problème.

— Je ne sais pas de quoi tu parles.

Je n'osais pas le regarder. En tentant de prendre une voix séduisante, j'ai ajouté :

— Veux-tu qu'on entre ?

— Tu sais, contrairement à la plupart des gens, je n'aime pas jouer à des petits jeux, a dit Christopher en s'éloignant.

32

Nous ne sommes pas restés longtemps chez Julie. Les choses se sont dégradées rapidement quand Lauren s'est mise à vomir. Selon mon expérience limitée, lorsque les gens déversent leur bile en public, la fête est terminée.

Christopher s'est garé devant la maison de ma grand-mère, mais sans couper le moteur. Notre deuxième rendez-vous semblait toucher à sa fin. J'ai dit :

— Je me suis amusée.

— Vraiment ? a demandé Christopher.

— Tu ne me crois pas ?

— Honnêtement ? Non.

Il m'a fait face. La lumière du tableau de bord donnait une teinte bleutée à son visage. Il a ajouté :

— Je ne sais pas quoi penser. Parfois, je te sens bien ; d'autres fois, tout semble compliqué.

— Compliqué, c'est parfois synonyme d'intéressant.

— Ça peut aussi demander beaucoup d'effort.

Je ne savais pas trop quoi répondre. Claire aurait répliqué avec esprit que certaines choses valent bien des efforts, mais je n'étais pas convaincue que Christopher le prendrait bien. Ma grand-mère a fait clignoter la lumière extérieure pour nous indiquer que nous avions passé suffisamment de temps dans la voiture.

— Je vais y aller, ai-je dit.

— Bonne nuit.

J'ai voulu dire autre chose, mais grand-maman n'arrêtait pas d'allumer et d'éteindre la lumière. J'ai simplement répondu :

— Bonne nuit.

Allongée dans mon lit, j'ai passé en revue les événements de la soirée. Les vomissements publics étaient un signe de déchéance pour Lauren. C'était normal que des filles populaires fassent des folies dans un party, mais Lauren avait dépassé les bornes en dégobillant devant tous les invités. Il n'y avait pas de moyen de le prouver – aucun palmarès officiel de popularité n'existe –, mais j'avais le sentiment que le règne de Lauren tirait à sa fin. Elle n'était pas impopulaire, il en faudrait beaucoup plus pour ça, mais elle était moins populaire, ça ne faisait aucun doute. Je me rapprochais de la victoire, mais je ne ressentais aucune joie. Au lieu de la scène de Lauren se déshonorant dans les buissons, l'image qui occupait mon esprit était l'air déçu de Christopher.

J'ai consulté mon réveil : trois heures du matin. J'ai allumé ma lampe de chevet et j'ai pris ma reliure à anneaux sous mon lit. J'ai relu ma liste. Lauren avait perdu son amoureux, le rôle principal dans la comédie musicale et ses amies. Christopher ne lui avait jamais appartenu, mais il ne m'appartenait pas non plus, il était par ailleurs impossible qu'il soit séduit par elle après l'avoir vue s'abaisser ainsi. La seule chose qui lui restait était le *cheerleading* et j'avais enfin trouvé un plan pour m'y attaquer. J'aurais dû avoir l'esprit à la fête, mais j'avais l'impression qu'il manquait quelque chose. J'ai relu des dizaines de fois la liste en me demandant si j'avais omis une dimension qui aurait donné tout son sens à ma revanche.

J'ai finalement compris. Tout mon plan était dédié à Lauren, à ce qu'elle avait, à ce qui était important pour elle. Des pages et des pages consacrées à la grande Lauren Wood. Peut-être qu'une liste pour moi était ce dont j'avais besoin.

J'ai pris une feuille vierge et j'ai écrit : LA VIE APRÈS LAUREN.

J'ai scruté le titre. Elle était encore là, en haut de la page. J'ai raturé son nom d'un trait épais. Non. J'ai gribouillé sur son nom. Ça ne fonctionnait pas. Je n'allais pas la laisser gâcher ma liste. J'ai chiffonné la feuille et je l'ai jetée. J'ai pris une autre feuille et j'ai recommencé : MA LISTE DE VIE.

Il ne me restait qu'à énumérer les objectifs que je voulais atteindre. Des choses que je voulais pour moi. J'ai attendu que l'inspiration vienne. Après quelques minutes, j'ai écrit quelques éléments.

MA LISTE DE VIE
1. Amie.
2. Christopher.
3. ...
1. Il va sans dire que je voulais une véritable amie, quelqu'un sur qui je pouvais compter, quelqu'un comme Brenda.
2. J'étais prête à l'admettre. Je l'aimais et je voulais qu'il m'aime. Qu'il aime Helen.

J'ai fixé la liste. Deux éléments ? Pas plus ? Comment se faisait-il que je ne trouvais que deux choses que je voulais vraiment ? Ça avait été plus facile de trouver des choses à enlever à Lauren. Le seul autre objectif auquel je pensais était trop vague. Je voulais être heureuse.

Finalement, j'ai ajouté un autre élément :

MA LISTE DE VIE
1. Amie.
2. Christopher.
3. Vivre ma vie.

33

J'ai essayé d'appeler Brenda le dimanche soir, mais son cellulaire était fermé. Quand j'ai appelé chez elle, sa mère m'a dit qu'elle étudiait et qu'elle ne voulait pas être dérangée. Cette histoire était plausible pour Brenda. Elle était du genre à se plonger dans les protoplasmes ou les trous noirs au point de ne pas vouloir être dérangée. Mais j'avais l'intuition que ce n'était pas le cas.

J'avais pris une décision. Je ne souhaitais pas entendre le récit du party minute par minute du point de vue de Lauren. Je me foutais de l'opinion de Kyla sur ce que les gens portaient. Je n'avais aucune envie de passer l'heure du dîner à faire semblant de m'intéresser à ce qu'elles racontaient. Pour me venger de Lauren, je n'avais pas à abandonner tout ce que je voulais pour moi. Donc, ce lundi-là, j'ai salué les trois filles de loin sans m'arrêter.

Je cherchais Brenda dans la cafétéria. Je voulais lui parler de Christopher et m'excuser de toujours la laisser tomber en public. Elle n'était pas à sa table. Elle était entourée de filles qui jouaient dans la pièce avec elle. Elle portait l'une de ses nouvelles tenues et riait. En allant vers elle, j'ai dit :

— Te voilà enfin !

Brenda m'a ignorée un moment, puis elle a dit :

— Oh. Salut.

J'étais debout, mon plateau dans les mains, en me demandant si elle allait m'inviter :

— J'ai essayé de t'appeler hier soir.

— J'étudiais.

Brenda ne m'a pas regardée dans les yeux. Tout le monde m'observait. J'ai demandé :

— Est-ce que je peux m'asseoir avec vous ?

— Nous avons pratiquement fini, a répondu Brenda.

Les plateaux étaient pleins. À moins de m'être trouvée devant une tablée d'anorexiques, je comprenais que Brenda m'envoyait promener. J'ai serré la mâchoire. Si elle voulait jouer à ce jeu-là...

— Très bien. De toute façon, j'ai perdu l'appétit.

J'ai marché jusqu'au bout de l'allée et j'ai jeté tout mon repas, y compris le plateau, dans la poubelle avant de sortir. J'ai ouvert la porte de la salle de bains d'un grand geste et lorsque j'ai vu que j'étais seule, j'ai donné un coup de pied dans une porte de cabine. La porte a heurté le distributeur de papier hygiénique et s'est refermée. Ce n'était pas aussi satisfaisant que je l'avais imaginé et je m'étais fait mal au pied. J'ai quand même donné un autre coup.

J'ai entendu la porte s'ouvrir et avant même de me retourner, j'ai su que c'était Brenda.

— Je croyais que tu n'avais pas fini de manger, ai-je laissé tomber d'un ton snob qui m'a fait horreur.

— Tu ne peux pas faire ça.

— Faire quoi ?

— Agir comme une amie une minute et ne plus l'être la suivante. Me dire exactement quoi faire et me lancer que je n'ai pas le droit de te donner des conseils si j'ai le malheur de vouloir t'aider.

Brenda parlait en agitant les mains. J'ai avoué :

— Je sais.

— Je n'ai pas envie d'être ton amie si tu veux jouer à la CIA. *Je te le dirais, mais il faudrait que je te tue.* Je ne sais même pas si tu *veux* être mon amie.

Je sentais ma gorge se serrer de plus en plus. J'avais l'impression qu'elle me demandait de me mettre debout sur le rebord de la fenêtre d'un gratte-ciel.

En mettant sa main sur mon bras, Brenda a dit :

— Je ne veux plus jouer à ce petit jeu. Amies, une minute ; inconnues, l'autre. Si tu veux que je comprenne qu'il y a des choses que tu ne peux pas faire, tu dois comprendre qu'il y a des choses que je ne peux pas faire non plus.

— Qu'est-ce qu'on fait alors ?

— Que sais-tu des sorties dans l'espace ? m'a demandé Brenda.

— Les sorties dans l'espace ? Est-ce une façon subtile de changer de sujet ?

— Suis mon raisonnement et tu vas comprendre. Que sais-tu des sorties dans l'espace ?

— Mes connaissances sont assez limitées.

— L'espace n'est pas fait pour les humains. Il y fait un froid glacial et il n'y a pas d'air. Les astronautes doivent donc mettre une combinaison, a expliqué Brenda.

— Je ne suis pas idiote. Je sais que les gens ne sortent pas en manches courtes dans l'espace !

Brenda a ignoré ma remarque et elle a poursuivi :

— Les astronautes vont d'abord dans un sas. C'est une sorte de salle d'attente. Tout l'oxygène est aspiré. Lorsque la pression est égale à celle de l'extérieur, les astronautes peuvent sortir de l'engin spatial. Au retour, ils font la même chose à l'envers. Ce n'est pas instantané. La transition prend du temps. S'ils vont trop vite ou trop lentement, il peut y avoir des conséquences dramatiques.

— Quel est le rapport avec notre situation ? ai-je demandé.

— Tu m'as demandé ce qu'on faisait. On est dans le sas.

— Et on attend que la pression s'équilibre, ai-je ajouté.

— Exactement, en espérant qu'on ne manquera pas d'air.

Brenda a fait demi-tour et j'ai cru que ma poitrine allait exploser. Je devais agir pour diminuer la pression. Spontanément, les mots sont sortis de ma bouche :

— Je ne m'appelle pas Claire.

Brenda s'est retournée, un sourcil haussé. D'une voix tremblante, j'ai ajouté :

— Je m'appelle Helen.

La première cloche a sonné. Le dîner était terminé. Brenda a dit en soupirant :

— Ce n'est pas le genre d'histoire qui se résume en trois minutes, n'est-ce pas ?

34

L'un des avantages d'être une bonne élève, c'est que les professeurs vous font généralement confiance. Brenda s'est rendue au cours de biologie pour expliquer à monsieur Wong que nous avions besoin de temps pour notre projet de bactéries. Il lui a donné les clés du laboratoire et un mot pour expliquer notre absence de sa classe.

Le labo de biologie était plongé dans la pénombre. Les stores étaient fermés et seule une lumière diffuse passait. Nous nous sommes assises l'une en face de l'autre à une table. Je jouais avec le cordon électrique d'un microscope. Je l'entourais sur un doigt et je le laissais tomber pour qu'il forme une spirale. Et je recommençais. Pour tourner un film d'horreur, ce laboratoire vide serait idéal avec ses affiches de grenouilles éviscérées sur les murs, ses odeurs chimiques étranges, ses plateaux remplis d'outils de dissection et ses rangées de microscopes qui projetaient des ombres géantes sur les murs, me rappelant une armée de tyrannosaures. En réalité, ce n'était peut-être pas le local qui me faisait peur, mais les aveux.

Brenda a rompu le silence :

— Alors...

— Je ne sais pas par où commencer.

— Si tu commençais par m'expliquer pourquoi tu te fais appeler Claire si ton nom est Helen.

— Me croirais-tu si je te disais que j'ai démantelé un réseau de drogue de la mafia et que j'ai trouvé refuge dans le programme de protection des témoins ?

— Non, a répondu Brenda sans broncher.

— D'accord, je vais te le dire. Mais tu dois me promettre de ne rien révéler à quiconque.

— Veux-tu que je jure sur la Bible ?

J'ai attrapé un manuel de biologie qui traînait sur la table et j'ai dit :

— Je veux que tu jures sur la science, sur monsieur Darwin. C'est extrêmement important pour moi.

Brenda a placé une main sur le manuel et a levé l'autre :

— Je jure solennellement sur ce manuel de science que je ne divulguerai pas le secret que tu me confieras.

J'ai pris une grande inspiration et j'ai essayé de mettre de l'ordre dans mon histoire :

— Tout a commencé le jour de ma naissance...

Il m'a fallu pratiquement quarante minutes pour tout lui raconter : mon amitié avec Lauren, sa trahison et mon superbe plan de vengeance.

— *Tu es* la dénonciatrice !

Brenda semblait impressionnée. Elle a ajouté :

— Je me souviens d'en avoir entendu parler pendant ma première année à Lincoln. Tout le monde racontait ce que tu avais fait aux finissants.

— C'est Lauren, la véritable dénonciatrice. Comprends-tu maintenant pourquoi j'ai dû faire ça ?

— Donc, tu as provoqué la rupture entre elle et Justin.

— En quelque sorte. J'ai mis les éléments en place.

— Et tu as empoisonné son mascara.

— Empoisonné, c'est un peu exagéré. Ce n'était qu'une substance irritante, ai-je précisé.

— Mais tu as déchiré ses jeans, pris ses souliers...

Je hochais de la tête pour approuver, même si techniquement je n'avais subtilisé qu'un soulier. Brenda a poursuivi :

— Tu sabotes ses amitiés et tu t'assures que celui qu'elle aime l'ignore.

Brenda semblait sous le choc. J'ignorais ce qu'elle s'était imaginé, mais c'était sûrement loin de ça. Elle m'a demandé :

— Donc, tout ce que tu fais cette année, c'est pour te venger d'elle ?

— Oui.

— Et moi, là-dedans ? Quel est mon rôle ?

— Qu'est-ce que tu veux dire ?

— À quoi est-ce que je sers dans ton plan de vengeance ?

— Tu ne fais pas partie du plan. On s'est rencontrées et je t'ai trouvée sympa.

— Donc, tu ne m'as pas aidée pour mon look et la pièce afin d'empêcher que Lauren obtienne le premier rôle.

— Euh...

J'avais du mal à répondre :

— Ce n'était pas seulement pour me venger. Je pensais sincèrement que tu étais très bonne et tu l'es. Tu es très bonne.

— Tu es vraiment chanceuse d'avoir pu m'aider et attaquer Lauren en même temps. C'est très efficace.

— Ne m'en veux pas. J'aurais dû te le dire, mais je te jure que je croyais que c'était l'idée du siècle pour toi de jouer dans la pièce. Je le crois toujours.

— Parce que ça t'aide ?

— Non. Honnêtement, aimes-tu ça ?

Brenda a soupiré et j'ai insisté :

— Tu aimes ça, non ? C'est amusant. En plus de l'effet que ça aura sur tes demandes d'université.

— Oui, c'est amusant. Oui, je suis contente de l'avoir fait, mais tu aurais dû me dire qu'il y avait autre chose en jeu.

Je me suis levée pour faire les cent pas dans l'allée. J'ai lancé :

— Tu voulais savoir et maintenant que tu sais, tu es fâchée contre moi.

— J'ai bien le droit d'être agacée d'apprendre que tu t'es servie de moi.

— Je ne me sers pas de toi, ai-je clamé d'une voix aiguë.

— À partir de maintenant, je veux que tu me laisses en dehors du plan.

— Marché conclu.

— Je suis désolée pour cette affaire de dénonciatrice. Ce que Lauren a fait, c'est dégueulasse. Tu ne méritais pas ça, a dit Brenda.

J'ai senti mes yeux se remplir de larmes. Un autre petit mot gentil et j'allais éclater en sanglots. J'ai haussé les épaules au lieu de répondre parce que j'étais certaine que j'aurais commencé à pleurer si j'avais ouvert la bouche. Brenda m'a demandé :

— Quand ce plan se terminera-t-il ?

— Quand je me serai vengée.

— Comment sauras-tu que ça y est ?

— Je ne sais pas, mais je m'approche du but. Elle commence à perdre ses moyens. Si je la pousse un peu plus, je crois que je la terrasserai.

J'ai chiffonné des feuilles qui traînaient sur une table et je les ai jetées à la poubelle. Brenda a dit :

— Tu veux qu'elle souffre.

— Exactement !

J'ai frappé sur la table tellement j'étais contente que quelqu'un comprenne enfin. Brenda ne s'est pas arrêtée là :

212

— Qu'arrivera-t-il si elle ne souffre pas? Si tu fais tout ce que tu peux pour gâcher sa vie et que ça ne fonctionne pas?

— La confiance règne.

— Je suis sérieuse. Comment sauras-tu que tu as gagné? Qu'est-ce que ça veut dire « se venger »? C'est un concept vague. Ça ne signifie rien.

— Ça signifie beaucoup pour moi.

— Bon, disons que tu gagnes. Qu'est-ce qui sera différent dans ta vie après cette revanche?

Je l'ai regardée et j'ai ouvert la bouche, mais je ne savais pas quoi dire, alors j'ai recommencé à faire les cent pas. Brenda m'observait. J'ai examiné en vain le tableau périodique sur le mur pour y trouver une réponse. Brenda m'a expliqué:

— Je comprends que tu désires te venger de Lauren, mais ça ne t'apportera rien.

— La satisfaction. Un sentiment de justice.

J'ai répondu ça, mais dans mon esprit, ce que je voulais gagner a pris la forme de Christopher.

— Et après? a insisté Brenda. À moins que tu ne sois prête à la tuer, peu importe ce que tu fais, elle s'en remettra un jour. Songerais-tu à la tuer?

— Non, je ne la tuerai pas. Une petite amputation peut-être...

Brenda a écarquillé les yeux et j'ai dû me retenir pour ne pas lever les miens au ciel. J'ai précisé:

— Je ne vais pas l'amputer non plus. Je veux faire quelque chose qui la blessera comme elle m'a blessée.

Je n'ai pas mentionné que j'avais déjà placé mes pions dans le but de provoquer exactement ça. Mon plan allait amener l'expulsion de Lauren de l'équipe de *cheerleading* et l'humilier au passage. J'avais le pressentiment que

Brenda ne souhaitait pas connaître les détails. De plus, j'avais déjà déposé les éléments compromettants dans le sac à main de Lauren.

Brenda ne bougeait toujours pas. Elle contemplait ses mains sur la table comme s'il s'agissait d'une boule de cristal contenant les réponses. Elle a lancé :

— Je suis contente que tu me l'aies dit.

— Moi aussi, je suis contente.

J'ai voulu ajouter quelque chose, mais Brenda a été plus rapide :

— Je comprends pourquoi tu veux le faire, mais je pense que c'est une mauvaise idée. Si tu veux vraiment te venger, alors aie une belle vie, prouve-lui que ce qu'elle t'a fait ne signifiait pas grand-chose. Le fait que tu es toujours troublée démontre qu'elle a encore le dessus.

— Tu parles comme ma grand-mère. Je ne peux pas l'expliquer. Il faut que je le fasse, c'est tout.

Brenda se mordillait la lèvre. J'ai ajouté :

— Je ne serai pas capable de passer à autre chose tant que je n'aurai pas terminé. Vas-tu garder mon secret ?

— Vraiment, c'est une très mauvaise idée.

— J'ai compris ton point de vue, mais tu as promis. Sur la tête de Darwin.

— Et si elle était blessée gravement ? a demandé Brenda.

— Même si ça me procurait un grand plaisir, je ne mettrai pas de l'arsenic dans sa salade.

— Qu'est-ce qui serait arrivé si elle avait eu des séquelles permanentes à l'œil avec le mascara ?

— Les compagnies de cosmétiques fabriquent des produits à l'épreuve des idiots au cas où un imbécile se mettrait du brillant à lèvres dans l'œil par mégarde. Du poivre de Cayenne dans l'œil, c'est douloureux, mais ça ne cause pas de dommages permanents. Ils testent toujours ces trucs. Le mieux-être par la science.

— Je ne sais pas.

— Je ne te demande pas de m'aider, seulement de garder le secret. J'ai presque fini. Il ne reste qu'une chose à lui enlever. Nous n'avons plus besoin d'en parler. Je passerai à autre chose. Tu m'aideras à remplir mes demandes pour l'université.

Brenda a soupiré profondément et a cherché mon regard avant de jurer :

— Je garderai ton secret. Je te le promets.

J'ai senti un poids énorme quitter mes épaules. Elle avait raison, ça m'avait fait du bien de le dire à quelqu'un. Je me sentais moins seule même si elle trouvait mon plan insensé.

— Tu dois aussi me promettre quelque chose, a dit Brenda. De réfléchir à la loi des rendements décroissants.

— Quoi ?

— Est-ce que tous les efforts que tu as déployés pour ton plan en valent la peine ? En science, il arrive que les chercheurs doivent admettre qu'ils ont pris la mauvaise voie et rebrousser chemin avant de s'éloigner davantage de leur but. Encore une chose, a dit Brenda.

— Quoi ?

— Je ne me sens pas bien d'avoir menti à monsieur Wong. Nous devrons mettre au moins une heure de plus sur notre projet de biologie après l'école.

— Je serai très heureuse de passer une heure avec toi et tes bactéries.

— Nos bactéries.

— Bien sûr, nos bactéries.

J'ai souri et j'ai tendu la main pour sceller notre entente.

35

J'ai enlevé tout ce qu'il y avait dans les armoires de la cuisine. L'un des inconvénients de la passion culinaire de ma grand-mère, c'est qu'elle ne jette rien. Elle veut être certaine d'avoir tout ce dont elle pourrait avoir besoin pour cuisiner n'importe quel mets si tous les supermarchés du monde faisaient faillite soudainement. Les étagères étaient remplies d'épices (coriandre, basilic, graines de fenouil, origan), de farines (non blanchie, de grain entier, de boulangerie, enrichie, de seigle), de sucre (raffiné, brun, en poudre) en plus d'innombrables variétés d'huile et de vinaigre. En revenant de l'école, j'avais erré dans la maison aux prises avec mon anxiété.. C'est là que j'ai décidé de faire le ménage de la cuisine.

Quand tout a été sorti, j'ai frotté les étagères avec de l'eau chaude pour enlever toutes les taches collantes avant de les vaporiser avec un nettoyant. J'avais tellement travaillé qu'un nuage de produit chimique flottait dans la pièce.

Pendant que je nettoyais, je me demandais ce que faisait Christopher. J'ignorais ce qu'il allait advenir de nous. Parfois, il semblait m'aimer. Il m'avait pris la main au cinéma et nous avions été sur le point de nous embrasser deux fois (selon moi). À d'autres moments, j'avais l'impression qu'il ne m'aimait pas du tout. Il était une sorte de fantôme qui allait et venait dans ma vie. J'aurais pu l'appeler, bien sûr, mais il me semblait que c'était à lui de le faire.

Son film l'accaparait peut-être tellement qu'il n'avait pas le temps d'appeler. Au lieu d'être agacée, je devrais admirer son énergie créatrice. Je savais qu'il avait interviewé tous les comédiens, Brenda me l'avait dit. Il ne m'avait pas demandé de faire une entrevue, mais le laquais de la metteure en scène ne méritait peut-être pas de temps à l'écran.

— Mais que fais-tu?

Grand-maman m'a fait sursauter. J'ai failli tomber du comptoir où je me tenais debout.

— Je croyais que tu devais aller voir Kay à l'hôpital, ai-je dit.

— Je ne suis pas née de la dernière pluie. J'ai remarqué que tu n'as pas répondu à ma question.

— Mes parents aiment bien quand j'aide dans la maison sans qu'on me le demande.

— Tu es enfant unique, ils n'ont pas mon expérience. J'ai eu trois enfants et j'ai six petits-enfants. À mon âge, on sait très bien que les adolescents ne font pas volontairement le ménage des armoires de la cuisine.

— Moi, je le fais.

Ma grand-mère m'a dévisagée, puis elle a hoché la tête. Elle s'est assise au comptoir pour ouvrir le courrier. Mes parents avaient envoyé une carte postale. Elle l'a lu et l'a collée sur le réfrigérateur en disant:

— As-tu vu la carte de tes parents? Ils ont l'air de bien aller.

J'ai remué la tête à mon tour et je suis retournée à mes armoires. Du sirop renversé s'était lié chimiquement au bois. Ma grand-mère a dit:

— Parfois, je nettoie parce que c'est le seul moyen de mettre de l'ordre dans mes idées. Quand ma vie est compliquée, le ménage me donne l'illusion que je fais du progrès dans au moins une des sphères de mon existence.

— Rien d'aussi compliqué pour moi. J'ai voulu prendre quelque chose et j'ai remarqué que l'étagère était collante. Une fois qu'elle a été lavée, il m'a semblé logique de nettoyer les autres. Tout va bien.

J'ai aspergé la tache collante de nettoyant.

— Alors, je vais te laisser à ton occupation, a dit ma grand-mère avant de se diriger au salon.

J'ai attendu qu'elle soit partie avant de m'asseoir sur le comptoir. J'ai pris la carte postale sur le réfrigérateur. Mon père avait écrit une citation : « *Il n'y a pas de chemin vers la paix. La paix est le chemin.* » A. J. Muste.

Soudainement, je me suis sentie épuisée. Le nettoyage des armoires me semblait une tâche herculéenne. Tout remettre en place devenait une mission impossible. Brenda avait peut-être raison, le plan de vengeance était peut-être la mauvaise voie. Mes parents avaient peut-être raison en voulant « donner une chance à la paix ». Peut-être n'y avait-il pas de fin à tout ça. C'était peut-être le temps d'abandonner, de ne plus penser à Lauren. Chaque fois que j'avais réussi à lui enlever quelque chose, j'avais espéré éprouver un sentiment de victoire, mais c'était plutôt la frustration qui m'envahissait. Récemment, ça me rendait de mauvaise humeur de penser à elle. Au lieu de chercher des moyens pour me venger, je pourrais en chercher pour revoir Christopher. Le résultat risquait d'être plus intéressant. Si ma vie devenait moins nébuleuse, il découvrirait peut-être qu'il n'a pas tant d'efforts à faire pour me plaire. J'ai fait rouler une boîte de soupe entre mes mains. Andy Warhol a fait de belles toiles de boîtes de soupe. Je ne m'imaginais pas travailler en publicité, mais le dessin de tissus pourrait être chouette. Brenda m'avait déjà offert de m'aider à monter mon portfolio si je souhaitais étudier en art ou en design. Il y avait beaucoup d'écoles d'art à Boston et à New York. Je me demandais à quelle école de cinéma Christopher désirait aller. Je ne songeais pas à le suivre, mais...

J'ai sauté du comptoir pour me rendre dans ma chambre. La cuisine pouvait attendre. Un autre grand ménage s'imposait. J'ai fermé la porte et j'ai pris le plan de vengeance caché sous mon lit. Je l'ai parcouru. J'y avais consacré énormément de temps, mais en le relisant maintenant, j'avais l'impression que quelqu'un d'autre l'avait écrit. J'avais envie de pleurer, mais je n'aurais pas su dire pourquoi. Sans plus réfléchir, j'ai arraché la page de ma liste de vie et j'ai jeté le reste à la poubelle.

Voilà. Le destin de Lauren était officiellement entre les mains du karma. À partir de cet instant, je me consacrais au mien.

36

Le lendemain, je n'ai pas pu parler à Brenda avant les répétitions. Elle avait été absente tout l'après-midi pour un rendez-vous chez le dentiste. Je l'ai trouvée en train de réparer une porte du décor qui coinçait. J'ai dit :

— Salut.

— Sais-tu ce qu'on peut faire pour ça ? J'ai peur qu'elle reste coincée et que je manque mon entrée.

— Je l'ajouterai à la liste pour madame H.

J'ai scruté les alentours. Nous étions seules et j'ai dit :

— Je voulais te parler de quelque chose.

Brenda fermait et ouvrait la porte pour assouplir le mécanisme.

— Vas-y. Est-ce à propos de la porte ?

— Oublie la porte pendant une minute. Tu avais raison à propos de la vengeance. C'est le temps d'arrêter tout ça.

Brenda m'a prise dans ses bras comme si j'avais trouvé un remède contre le virus Ebola.

— C'est fantastique ! s'est-elle exclamée. Qu'est-ce qui t'a fait changer d'idée ?

— Allez, tout le monde. À vos places. Nous avons un après-midi très chargé. Commençons au début de l'acte deux, a lancé madame Herbaut. Brenda ? Nous avons besoin de toi.

Le regard de Brenda est passé de moi à la scène.

— Ne t'inquiète pas. Je te raconterai tout ça plus tard.

Brenda s'est élancée vers la scène en me souriant.

— Est-ce ta petite amie ?

Lauren était derrière moi, arborant son sourire méchant habituel. J'ai répondu :

— C'est mon amie.

— Brenda Bauer ? Brenda, la cadette de l'espace ? Quel bon choix ! s'est-elle moquée en riant.

— Merci. C'est aussi mon avis.

Le visage de Lauren s'est plissé comme si elle avait croqué un bonbon acide. J'ai constaté que je ne ressentais rien. En passant devant elle, j'ai simplement dit :

— Excuse-moi.

J'ai sauté de la scène pour me rendre à mon siège et j'ai vu Christopher à l'arrière qui préparait sa caméra vidéo. Je ne savais pas si je devais lui parler ou faire comme si je ne l'avais pas vu, mais avant que j'aie pu me faire une idée, il m'a saluée. Je suis allée le voir et il m'a dit :

— Je filme les répétitions, mais je voulais savoir à quel moment on pourrait se rencontrer. Je ne t'ai pas encore interviewée pour le film.

— Moi ?

— Tu fais partie du spectacle, non ?

— C'est vrai, tu as raison.

— Parfait. Est-ce que je peux t'appeler plus tard ?

— Pas de problème.

Je suis restée plantée devant lui. C'était impossible de retenir mon sourire. J'étais certaine que tout irait bien entre nous maintenant que je m'étais débarrassée de Lauren.

— Je dois retourner travailler, ai-je finalement dit en brandissant ma planchette, comme s'il essayait de me retenir.

Je me suis assise et j'ai mâchouillé mon crayon. En théorie, je devais dresser une liste des choses à faire pour madame H, mais je tentais de calculer à quelle distance se trouvait Christopher sans me retourner. J'étais convaincue que Brenda m'aiderait à trouver une façon de lui expliquer ma double personnalité. C'est l'un des avantages d'avoir une amie brillante. C'était l'heure de retrouver Helen. Dans la scène, Eliza passait dans un marché aux fleurs. J'ai écrit « fleurs de plastique » en haut de ma liste.

— Claire ?

J'ai relevé la tête et j'ai compris que madame Herbaut avait dû m'appeler plus d'une fois. Elle paraissait agacée et tout le monde m'observait.

— Claire, peux-tu venir ici ? J'ai besoin de ton aide.

Je me suis élancée aussitôt pour rejoindre les autres sur la scène. Lauren avait un petit sourire narquois :

— As-tu oublié ton nom ?

Quelques personnes ont ri.

— Excusez-moi. J'avais la tête ailleurs, ai-je dit.

J'ai attendu la montée de fureur qui venait chaque fois que Lauren jouait la condescendante, mais je ne m'en faisais plus. Madame Herbaut a demandé :

— Peux-tu marquer l'endroit où se tient chaque comédien au début de la scène ?

— Peux-tu commencer par moi, s'il te plaît ? a demandé Lauren. Je ne peux pas rester ici toute la journée. Je dois répéter des chansons avec Rubin.

Lauren indiquait la fosse d'orchestre où Rubin faisait office de pianiste pendant les répétitions. Il a sursauté quand il a entendu son nom et j'ai pu voir sa pomme d'Adam géante monter et descendre. Il a dit d'une voix éraillée :

— Je peux attendre, Lauren.

— Eh bien, moi, je ne veux pas attendre.

Je me suis penchée, j'ai collé un X sur le sol où se trouvait le bout des chaussures de Lauren et j'ai dit :

— Voilà, tu es libre.

Nos yeux se sont rencontrés. Elle semblait un peu perturbée.

— En fait, mademoiselle Wood, je voudrais vous voir maintenant.

C'était la voix de monsieur LaPoint, le directeur, qui se trouvait au fond de l'auditorium. En se pointant, Lauren a demandé :

— Moi ?

Les regards de tout le monde allaient de Lauren à monsieur LaPoint. Ce n'était pas le genre d'élève à être appelée au bureau du directeur. Celui-ci a répondu :

— Oui. Apportez votre sac et venez avec moi.

— Je ne peux pas y aller maintenant, nous sommes en pleine répétition.

La veine sur le front du directeur commençait à palpiter. Il n'avait pas l'habitude qu'on discute ses demandes.

— J'ai déjà appelé votre mère. Je crois qu'il serait préférable que nous ayons cette discussion dans mon bureau, a-t-il précisé.

Lauren a frappé le sol du pied avant de dire :

— Ça ne pourrait pas attendre ? J'ai un entraînement de *cheerleading* après. Qu'est-ce qui presse autant ?

— Mademoiselle Wood, je crois que nous devrions avoir cette discussion dans mon bureau.

— Quelle discussion ?

— Vous êtes accusée de possession de drogue, a proféré le directeur.

Mon estomac est tombé dans mes souliers. Merde. Ça ne devait pas arriver. Si monsieur LaPoint s'attendait à ce que Lauren tremble de peur, il se trompait. Elle a éclaté de rire. Bien sûr, elle ignorait tout de la situation. Moi, je n'avais pas du tout le cœur à rire.

— Vous plaisantez, a dit Lauren.

— Je ne plaisante pas. Veuillez venir avec moi.

— Je ne prends pas de drogue, a précisé Lauren en ébouriffant ses cheveux.

— Alors, vous ne vous opposerez pas à ce que je fouille votre sac ?

— Non.

— Lauren, tu devrais attendre que ta mère arrive, a suggéré madame Herbaut.

— Ne vous inquiétez pas. C'est assurément une erreur.

Lauren a sauté en bas de la scène et s'est dirigée à l'endroit où tout le monde avait déposé son manteau et son sac. Elle a pris un fourre-tout géant en cuir noir. Je voulais arrêter la scène, mais à moins de déclencher l'avertisseur d'incendie, je ne voyais pas ce que je pouvais faire.

— Si vous fouillez mon sac, je serai libre, n'est-ce pas ? Une fouille à nu ne sera pas nécessaire, j'imagine, a dit Lauren.

Un élève dans la première rangée a ricané. Monsieur LaPoint a lancé un regard glacial qui a provoqué un silence total. Il s'est rendu jusqu'à la table à l'avant et a placé le sac comme s'il allait effectuer une intervention chirurgicale complexe. Il a déposé le contenu du sac de Lauren sur la table : des crayons, trois rouges à lèvres, un calepin, son iPod, un rouleau de Life Savers à la menthe, du vernis à ongles, une pile de mouchoirs.

Pendant qu'il fouillait, Lauren avait l'air de s'ennuyer. Les autres comédiens ne faisaient même pas semblant d'ignorer ce qui se passait. Ils manœuvraient pour avoir une bonne vue. Brenda était à l'arrière et avait l'air aussi nerveuse que si elle avait été la propriétaire du sac.

— Satisfait ?

Le ton de Lauren suggérait qu'elle allait faire en sorte que les avocats de son père s'amènent à la première heure le lendemain pour porter des accusations contre le directeur.

Pendant une seconde, j'ai cru que tout allait bien finir, qu'il ne les verrait pas, que peu importe comment cette affaire s'était aggravée, elle allait s'arranger. Mais il a trouvé au fond de la poche avant une boîte métallique de pastilles. Il l'a ouverte et a souri. Lauren a froncé les sourcils. Il lui a montré la boîte où se trouvaient deux joints nichés dans du papier.

Les élèves ont émis le même « oh ! » d'appréciation qu'une foule devant un tour de magie. Le visage de Lauren est devenu blême. J'avais envie de vomir.

— Ce n'est pas à moi, a dit Lauren.

— C'est ce que je dis à mes parents quand ils m'attrapent, a crié un des comédiens dans le chœur, ce qui a provoqué l'hilarité générale.

— Mademoiselle Wood, venez avec moi.

Monsieur LaPoint a voulu la prendre par le coude, mais elle a reculé. Sa lèvre inférieure tremblait. La moindre offense liée à la drogue signifiait un renvoi automatique de l'équipe de *cheerleading*. Sans oublier ce qu'allaient dire son père et sa mère. Je me suis figée lorsque j'ai vu Brenda. Elle semblait en état de choc.

— Ce n'est pas à moi, a répété Lauren plus fort.

Monsieur LaPoint l'a prise par l'avant-bras et elle s'est écroulée. On aurait dit que ses os s'étaient liquéfiés. Elle a crié :

— NON !

Madame Herbaut s'est levée et s'est avancée sans savoir quoi faire. Le directeur a répété :

— Mademoiselle Wood, venez avec moi.

Lauren n'a rien dit. Elle s'est mise à pleurer. Monsieur LaPoint l'a relevée en la prenant par le coude et l'a pratiquement traînée vers la sortie, en tenant son sac sous son bras. Il a salué madame Herbaut de la tête. Tout le monde s'est mis à parler en même temps.

J'ai constaté que Christopher avait tout filmé.

En tentant de couvrir le vacarme, madame Herbaut a dit :

— Calmez-vous. Nous allons reprendre la répétition.

En prenant une page de la pièce au hasard, elle a ajouté :

— Casey, commençons avec ta scène.

Casey, une jeune élève timide, est montée sur scène et le brouhaha s'est transformé en murmure. Madame Herbaut m'a dit à l'oreille :

— Honnêtement, je n'ai pas vu ça venir.

Brenda était au bord de la scène et me fixait. Elle a hoché la tête avant de s'éloigner. J'ai répondu à madame H :

— Moi non plus.

C'était une demi-vérité. Je ne pouvais pas dire que c'était une surprise totale. Je savais comment les joints s'étaient retrouvés dans son sac ; je les avais mis là deux jours plus tôt au dîner. Mais j'ignorais qui l'avait dénoncée au directeur.

37

J'ai pris ma veste dans mon casier. Je n'arrêtais pas de rejouer la scène dans ma tête. Personne n'avait pu se concentrer après la déconfiture de Lauren, alors la répétition s'était terminée plus tôt. Les couloirs étaient déjà vides. J'entendais des élèves discuter dans le local du journal de l'école. Je me suis demandé si cet incident ferait une nouvelle sensationnelle. Le concierge cirait les planchers et le ronronnement de la machine se répercutait sur les carreaux et le ciment des murs.

Quand j'ai fermé la porte de mon casier, Brenda était à côté de moi. J'ai sursauté :

— Tu es aussi silencieuse qu'une espionne.

Brenda est restée de marbre.

— Qu'est-ce que tu vas faire ? a-t-elle demandé.

— À propos de quoi ?

— À propos de ce qui est arrivé.

Brenda a vérifié si quelqu'un pouvait nous entendre avant d'ajouter à voix basse :

— C'est toi qui les as mis dans son sac, n'est-ce pas ?

— Oui.

— Où as-tu pris la marijuana ?

Brenda tournait sans cesse la tête, comme si l'escouade des stupéfiants allait nous tomber dessus. J'ai répondu :

— J'ai demandé à Tyler, dans mon cours d'éducation physique.

— Et il t'en a donné comme ça ? a demandé Brenda, l'air consterné.

— Non, je l'ai payé. Ce n'était pas de la charité.

— Pourquoi m'as-tu dit que tu arrêtais tout ? Tu n'as pas pu résister à l'envie de lui asséner un dernier coup.

— J'ai abandonné le plan. J'ai mis le stock dans son sac il y a quelque temps, mais je te jure que je n'ai rien dit à LaPoint. J'avais prévu faire un appel anonyme à l'entraîneuse des *cheerleaders*, mais c'était avant notre discussion et avant que je décide de tout laisser tomber. Je n'ai rien dit à personne.

— Pourquoi l'entraîneuse des *cheerleaders* ?

— Pour que Lauren soit chassée de l'équipe. Ils ont une politique de tolérance zéro pour la drogue. Le *cheerleading* était le seul élément du plan que je n'avais pas complété.

— Et tu n'aurais pas voulu que ça reste ainsi.

— Je te répète que c'est fini, tout ça, ai-je dit en levant mes bras dans les airs. Quelqu'un d'autre l'a dénoncée à LaPoint.

À ce point de la conversation, je hurlais presque et j'ai remarqué que le concierge suivait notre dialogue dramatique comme si c'était une émission de télé captivante. Je lui ai souri et j'ai entraîné Brenda vers la sortie.

Dehors, j'ai répété :

— Je n'avais pas prévu que ça arriverait.

Brenda a émis un grognement d'incrédulité et j'ai reformulé ma phrase :

— D'accord, je l'avais prévu, mais j'ai abandonné le plan. Je ne sais pas qui a fait ça aujourd'hui. Peut-être que quelqu'un d'autre y a vu une chance de se venger. Qui sait, peut-être que le karma l'a enfin rattrapée ?

J'avais attendu très longtemps la chute de Lauren. J'en avais rêvé pendant des années. Maintenant que c'était finalement arrivé, je ne me sentais pas du tout euphorique comme je me l'étais imaginé. Surtout avec le regard noir de Brenda sur moi.

La mère de Brenda est arrivée dans le stationnement et a fait clignoter ses phares. Brenda a hoché la tête et elle a couru vers la voiture pour s'y engouffrer. Je l'ai saluée en espérant lui insuffler la confiance en l'idée que, d'une manière ou d'une autre, les choses s'arrangeraient pour le mieux.

La vengeance n'est pas un plat qui se mange froid. Elle est simplement indigeste.

38

La porte de l'école s'est ouverte violemment et j'ai bondi pour me protéger. Madame Wood a descendu les marches avec la force d'un ouragan en traînant Lauren. Ni l'une ni l'autre ne m'ont vue. J'avais peur que le moindre mouvement trahisse ma présence. Madame Wood a dit :

— Je n'ai jamais été aussi humiliée de toute ma vie.

Il était clair que le talent en dilatation de narines de Lauren lui venait de sa mère. Les narines de celle-ci étaient assez grandes pour loger une balle de tennis chacune. Lauren, le visage rouge et marbré, a répondu :

— Ce n'est pas à moi. Je te répète que quelqu'un les a mis dans mon sac.

Madame Wood s'est retournée et Lauren a eu un mouvement de recul comme si elle avait eu peur que sa mère la frappe. Madame Wood l'a rapprochée d'elle en tirant sur son poignet pour que ses cris galvanisent sa fille :

— Je m'en fiche que ça t'appartienne ou non. Ce qui me met hors de moi, c'est que tu traînes le nom de notre famille dans la boue. Crois-moi, il y a beaucoup de gens dans cette ville qui adoreraient avoir une chance de nous détruire, ton père et moi, et tu viens de leur en donner les moyens.

— Mais ce n'est pas vrai.

— Je me fiche de la vérité, Lauren. Ce qui m'importe, ce sont les apparences, c'est ce que les gens croient être la vérité. Tu sais, je ne t'en demande pas beaucoup. Je veux simplement que tu emploies tes talents au mieux pour bien représenter notre famille, et tu n'es même pas capable de faire ça !

Madame Wood a hoché la tête avec mépris et s'est dirigée vers la rue.

— Maman, j'ai peur.

La voix de Lauren tremblait. Elle était paralysée sur les marches. Madame Wood a répliqué :

— Franchement, Lauren, je ne peux pas m'attarder à tes sentiments. Nous devons consacrer toute notre énergie à trouver une solution pour arranger les choses. Ton père appellera un avocat et tu feras tout ce que nous te dirons de faire pour que cette situation soit oubliée. Tu peux garder tes larmes pour un autre lieu et un autre moment.

La mère de Lauren a ouvert avec force la portière de son VUS Lexus, les diamants de son bracelet étincelaient dans le soleil. En la refermant, elle a lancé :

— Dépêche-toi !

Les épaules de Lauren se sont affaissées davantage et elle s'est dirigée lentement vers la voiture. Sa mère fixait l'horizon. Quand Lauren est arrivée à la voiture, elle s'est retournée et m'a aperçue. J'ai vu sa poitrine tressaillir et ses pleurs ont redoublé. Elle s'est glissée à l'intérieur et sa mère a démarré avant même que Lauren ait refermé la portière.

— Je suis désolée, ai-je dit sans que personne puisse m'entendre.

39

Sans l'ombre d'un doute dans mon esprit, j'ai les parents les plus étranges du monde. Ils ne portent que des fibres naturelles et aiment sincèrement le goût des tacos au tofu. Ils m'ont traînée dans toutes sortes d'ateliers bizarroïdes de développement personnel où j'ai appris à méditer, à psalmodier, à frotter des cristaux et à brûler des tiges de sauge pour chasser les esprits malfaisants de ma vie. Je suis convaincue qu'ils croient avoir vécu des vies antérieures. Ils sont bizarres, mais ils m'aiment. Ils aiment qui je suis et non ce qu'ils veulent que je sois ou ce qu'ils pensent que je pourrais devenir. Ils veulent mon bonheur. J'étais certaine que si la situation avait été inversée, si j'avais été dans les souliers de Lauren, ils auraient voulu connaître la vérité et m'auraient soutenue jusqu'à ce que toute la lumière soit faite.

Peut-être que la pire chose au monde n'est pas d'être trahi par notre soi-disant meilleure amie ; peut-être que la pire chose au monde, c'est d'être trahi par sa propre famille.

Lauren n'était pas à l'école le lendemain. Et pas un chat à Lincoln n'en ignorait la raison. Des élèves un peu bêtes qui avaient fait les frais des commentaires cruels de Lauren au fil des ans ont même craché sur son casier. Quelqu'un avait écrit SALOPE sur la porte. Si c'était évident que

Lauren était populaire, c'était évident aussi que ce n'était pas synonyme d'être appréciée.

Bailey, Kyla et le reste de l'équipe de *cheerleading* se réchauffaient pour une séance d'exercice à l'heure du dîner. Apparemment, une compétition importante approchait et elles devaient s'entraîner plus souvent. Bailey m'avait demandé d'y aller pour les soutenir moralement. Je me suis assise sur le plancher glissant du gymnase et j'ai picoré mon sandwich. En passant près de nous en joggant, un gars de l'équipe de football a dit :

— Peux-tu faire un message à Lauren pour moi ?

Kyla a branlé la tête et il a enchaîné :

— Dis-lui que si elle veut s'éclater, elle n'a pas besoin de drogue. Elle peut avoir ça.

Il a mis sa main dans son entrejambe en brassant le tout, ce qui a déclenché le rire de toute l'équipe de football.

En levant sa jambe sans effort au-dessus de sa tête pour s'étirer, Bailey a dit :

— C'est dégoûtant. Je n'arrive toujours pas à croire cette histoire.

— Ce n'est pas la première fois qu'elle fait quelque chose sans réfléchir, a répliqué Kyla.

— C'est vrai, mais je ne crois pas qu'elle l'ait fait, ai-je suggéré. Je crois que quelqu'un les a mis dans son sac pour que LaPoint les trouve.

— C'est terrible ! Qui aurait voulu faire ça à Lauren ? a demandé Bailey.

— C'est ce que nous devons découvrir, ai-je répondu.

— Allons-nous jouer à Nancy Drew ? a demandé Kyla en riant.

L'image de Lauren se coupant la paume pour être solidaire après notre aventure à la Nancy Drew m'est apparue. J'ai expliqué :

— Oui, c'est ça. Trouvons un moyen de laver la réputation de Lauren.

— Je suis bouleversée par ce qui est arrivé, mais je ne veux pas être associée à cette affaire, a dit Kyla.

Elle s'est pliée pour aller toucher ses orteils avant de m'expliquer :

— Quoi ? Je dois penser à ma place dans l'équipe de *cheerleading*. Si on touche à la drogue, on est renvoyées de l'équipe. Qui sait ce qui est arrivé ? Peut-être qu'elle les gardait pour quelqu'un. Peut-être qu'ils sont à *elle*. La semaine dernière au party, elle a pris une bouffée d'un joint. Ce n'est pas un ange.

— Fumer de la drogue, c'est mal, a dit Bailey, les lèvres pincées.

Mary Poppins semblait désapprouver l'usage récréatif de l'herbe. Elle a ajouté :

— On commence avec la marijuana et on tombe dans les drogues dures. Elle aurait pu gâcher sa vie.

— N'exagère pas, mademoiselle Dites-non-à-la-drogue, a dit Kyla en levant les yeux au plafond. Ce n'était que deux joints. Elle ne s'injectait pas de l'héroïne. Ce n'est pas si grave que ça. Sa carrière de *cheerleader* est terminée, mais l'avocat de son père s'assurera qu'elle n'ait aucun ennui sérieux.

Bailey a regardé au loin en lissant sa jupe plissée avant de dire :

— Ce n'est pas que je ne veux pas aider Lauren, mais mes parents m'ont interdit de la fréquenter à nouveau. Ils sont très stricts.

L'entraîneuse a sifflé et a invité tout le monde à la rejoindre au centre du gymnase. Je me suis levée et j'ai lancé le reste de mon sandwich à la poubelle. Kyla m'a avoué :

— Je ne sais pas pourquoi tu tiens tant à aider Lauren. Tu sais, elle dit des horreurs à ton sujet. Tu penses peut-être que c'est ton amie, mais c'est faux. Lauren déteste la compétition. Elle trouvait que tu te pensais supérieure.

— Elle n'a jamais dit ça, a répliqué Bailey avec un air perturbé. Lauren est soupe au lait. Elle déteste le changement.

— Peu importe, a dit Kyla en faisant un dernier mouvement. Je ne m'inquiéterais pas, les choses s'arrangent toujours pour elle.

Kyla est partie en courant, sa jupe au vent. En flattant doucement mon bras, Bailey a dit :

— Tout ira bien. C'est super gentil de vouloir l'aider, mais peut-être qu'elle avait besoin qu'on découvre la drogue pour l'empêcher de tomber plus bas. C'est peut-être la meilleure chose qui pouvait lui arriver.

Oh non. C'est elle.

— Bailey, as-tu dénoncé Lauren ?

Elle a eu un mouvement de recul. Je pouvais lire en elle comme dans un livre ouvert. Elle voulait mentir, mais elle ne savait pas comment s'y prendre. La malhonnêteté n'avait rien de naturel chez elle. Ses yeux se sont remplis de larmes et elle a confessé :

— Je ne voulais pas qu'elle ait des ennuis. Les vrais amis font ce qu'il faut même si c'est difficile.

J'ai glissé jusqu'au sol. C'était Mary Poppins qui avait dénoncé Lauren. J'ai demandé :

— Qu'est-ce qui s'est passé ?

— J'ai fouillé dans son sac pour prendre une menthe et j'ai trouvé la drogue, a répondu Bailey en se frottant nerveusement les mains. Lauren n'avait jamais touché à ça avant, mais elle était bizarre et tendue dernièrement.

Je m'inquiétais pour elle. Je pense qu'elle est sur la mauvaise voie.

— Alors, tu l'as dénoncée à LaPoint.

Je me suis assurée que personne n'écoutait. Bailey a enchaîné :

— J'ai d'abord prié. Je voulais faire ce qui était juste. Maintenant, elle pourra avoir l'aide dont elle a besoin. Vas-tu lui dire que c'était moi ? a demandé Bailey, la lèvre tremblante.

Mon esprit tourbillonnait comme une essoreuse à salade. J'ai répondu :

— Non, je ne lui dirai pas.

— Je l'ai fait parce que je tiens à elle.

— Je sais.

L'entraîneuse a sifflé de nouveau et j'ai dit à Bailey :

— Tu devrais y aller.

Bailey a pressé ma main et a couru rejoindre le reste de l'équipe. Je me suis relevée et j'ai essuyé mes jeans.

Je ne comprenais pas comment elle avait réussi cet exploit, mais Lauren s'était fait une véritable amie. J'aurais voulu trouver une autre option, mais je n'y arrivais pas. Il ne s'agissait pas d'aider Lauren, il s'agissait de le faire parce que la personne que je voulais être aurait fait ce qui est juste. Si je voulais avoir une vie à moi, il fallait au moins qu'elle en vaille la peine.

40

J'étais assise devant le bureau du directeur, incapable de ne pas gigoter. J'avais l'impression que l'attente était pire que d'avouer mon histoire, mais l'air de la secrétaire semblait indiquer que mes jours étaient comptés, alors je n'étais pas certaine. J'avais l'impression que personne ne ressortait vivant du bureau de monsieur LaPoint. Je n'avais jamais eu d'ennuis aussi graves de ma vie. J'ignorais quel serait le processus. Le directeur allait-il appeler ma grand-mère ? Est-ce que je me ferais expulser ?

Une suspension serait acceptable. J'ignorais comment les élèves allaient réagir à ce que j'avais fait. Ils pourraient m'apprécier pour avoir provoqué la chute de Lauren, mais plus vraisemblablement, ils croiraient que j'étais une psychopathe menteuse. Grand-maman voudrait peut-être me faire l'école à la maison pour que je puisse obtenir mon diplôme. Mais il était fort possible que lorsqu'elle apprendrait que je lui avais menti au sujet du plan de vengeance, elle ne veuille plus m'aider.

La porte du bureau s'est ouverte et le directeur est apparu. J'ai pensé tout de suite au comte Dracula. La secrétaire n'a pas dit un mot, elle m'a montrée du doigt. J'avais l'impression qu'une musique lugubre allait se mettre à jouer, mais seuls les battements de mon cœur brisaient le silence. J'ai fait abstraction de la sueur qui couvrait mon corps entier, comme une marathonienne, et je suis allée m'asseoir.

La décoration austère et froide du bureau du directeur LaPoint rappelait celle des prisons. Ce n'était pas le type d'homme à avoir beaucoup de babioles ou de souvenirs. Une seule photo était posée sur le bureau et on aurait dit que c'était la photo de famille qui garnissait le cadre à l'achat. Je n'ai vu aucun instrument de torture, même si ce n'est pas le genre d'objet qu'on laisse à la vue. Je me rongeais un ongle, mais j'ai arrêté sur-le-champ quand le regard de monsieur LaPoint s'est posé sur moi. J'ai attendu qu'il dise quelque chose, mais il restait assis, les mains croisées sur son bureau. J'ai balbutié :

— Donc...

J'ai laissé ma phrase en suspens, mais il a gardé le silence. J'avais l'impression d'être assise là depuis au moins une heure, même si j'étais consciente que ça ne faisait que quelques minutes. Apparemment, monsieur LaPoint n'était pas du type « rendons les choses plus faciles ».

— Je suis venue avouer quelque chose, ai-je finalement dit.

— Continuez.

— J'ai mis les joints dans le sac de Lauren Wood.

— Je vois.

Quand j'avais imaginé cette scène, le « Je vois » de monsieur LaPoint n'avait pas fait partie des scénarios envisagés. J'ai poursuivi :

— Alors, vous allez pouvoir rétablir la réputation de Lauren. Je ne sais pas si vous devez appeler ma grand-mère pour qu'elle vienne me chercher.

— Ce ne sera pas nécessaire.

— D'accord.

J'ai attendu qu'il se passe quelque chose. Je croyais que le directeur aimait crier. Je pensais qu'il allait essayer de me faire avouer où j'avais pris la drogue ou m'arracher les ongles jusqu'à ce que je confesse ma véritable identité. Rien. Il restait assis, les mains jointes. J'ai donc demandé :

— Qu'est-ce qui se passera à partir de maintenant ?

— Vous retournez en classe, mademoiselle Dantes, a-t-il répondu en se levant.

— En classe !

Était-il en train de blaguer ? Allait-il m'électrocuter avec un pistolet Taser à la sortie du bureau ? Le directeur a expliqué :

— Même si j'apprécie le geste, le mensonge n'est pas toléré ici.

— Quoi ?

— Vous êtes amie avec mademoiselle Wood, n'est-ce pas ? Vous faites partie de sa petite clique.

Petit clique ? Quelle condescendance !

— Je ne suis pas l'amie de Lauren.

— Vous espérez peut-être qu'en la sortant de ce pétrin, elle vous sera éternellement reconnaissante. Je sais comment sont les jeunes filles. J'occupe ce poste depuis très longtemps. Les cliques sont difficiles à gérer, surtout pour une nouvelle. Je ne sais pas si elle vous a forcée ou si vous avez pris l'initiative, ça n'a d'ailleurs aucune importance.

— J'ai mis la drogue dans son sac, ai-je insisté.

Peut-être que si je répétais l'information, il comprendrait. Comment pouvait-il ne pas me croire ? Il a conclu :

— Je sais que vous faites partie de la troupe de théâtre, mais les effets dramatiques doivent être réservés à la scène. Je ne vous donnerai pas de retenue cette fois, mais je m'attends à ce que votre – il a fait un geste pour imiter les guillemets – « confession » soit votre dernière tentative pour attirer l'attention. J'espère que nous n'aurons plus cette discussion.

Le directeur s'est dirigé vers la porte et l'a ouverte. J'ai marché lentement vers la sortie et il a fermé derrière moi. J'ai observé mes mains qui tremblaient. Si j'avais amené Lauren au bord d'un précipice, est-ce que ça aurait changé quelque chose qu'elle ait fait les derniers pas elle-même ? Je me sentirais aussi coupable que si je l'avais poussée. Si on essaie de faire ce qui est juste et que personne ne nous croie, est-ce que ça compte quand même ?

41

J'ai dit à la secrétaire que j'étais malade. Elle n'a pas mis ma parole en doute. Je ne mentais pas. Je n'avais pas la grippe, mais un grave de mal de ventre causée par la culpabilité qui rendait l'épisode de la fraise dans le sac à main ridicule. L'idée d'aller en classe et de faire comme si tout était normal était intolérable.

Grand-maman n'était pas là quand je suis arrivée. J'ai erré dans la maison. Je ne voulais pas me coucher et je ne savais pas quoi faire. J'ai allumé la télé et j'ai écouté une émission sur des procès. J'ai essayé de comprendre qui avait été lésé, mais ça me semblait trop compliqué. Quand on ne comprend plus la juge Judy, c'est que ça ne va pas bien du tout. À une autre chaîne, *Qu'est-il arrivé à Baby Jane ?* passait. Mais même un film de cette bonne vieille Bette Davis ne me disait rien.

J'ai pris le téléphone sans savoir pourquoi. Puis j'ai vu le numéro sous un aimant sur la porte du réfrigérateur. Je l'ai composé sans réfléchir davantage. La réceptionniste du camp de méditation est allée chercher ma mère.

— Salut, ma cocotte. Est-ce que ça va ?

Dès que j'ai entendu la voix de maman, je me suis sentie mieux. J'ai collé le combiné sur mon visage comme si cela pouvait nous rapprocher.

— J'espère que je n'ai pas interrompu ta quête pour atteindre l'illumination.

— Tu ne me déranges jamais.

— Maman, comment peut-on réparer le karma ?

— Le karma n'est jamais brisé.

— Et si quelqu'un avait fait quelque chose, disons quelque chose de mal, et que la personne savait que c'était mal, mais pensait qu'elle le faisait pour une bonne raison, avant de se rendre compte que ce n'était pas une bonne raison, que la situation était déjà intenable et que c'était devenu un beau gâchis ?

Les mots étaient sortis de ma bouche en une phrase interminable. Ma mère a répondu :

— Bon, si j'ai bien compris la situation, je dirais à cette mystérieuse personne que tout ce que nous faisons et disons a un impact sur le monde qui nous entoure. Si cette personne a lancé dans l'univers une chose négative, elle doit redoubler d'efforts pour y mettre quelque chose de bien.

— Pour équilibrer les choses, ai-je dit en reniflant.

— Exactement.

— Et si elle avait essayé d'arranger les choses, mais que ça n'avait pas fonctionné ?

— Que fais-tu quand tu dessines quelque chose et que tu n'es pas contente du résultat ?

— Je l'efface et je recommence.

— Voilà ta réponse. Nous devons redessiner le monde quand nous n'aimons pas ce qui est devant nous.

J'ai entendu une cloche au loin et j'ai dit :

— J'imagine que tu dois partir.

— Je peux rester et te parler encore si tu veux.

— Non, ça va. Tu diras à papa que je le salue.

— Bien sûr. Une dernière chose : le karma est très lourd. C'est difficile de le bouger et de le changer.

— Oui, je commence à le comprendre.

— C'est pourquoi il vaut toujours mieux avoir de l'aide. On peut déplacer des montagnes à plusieurs.

J'ai raccroché et j'ai décroché immédiatement avant de me dégonfler. Brenda a répondu à la seconde sonnerie. J'ai lancé :

— J'ai besoin de ton aide. Toutes les fois que tu m'as donné des conseils, tu avais raison. J'aurais dû t'écouter. À l'évidence, c'est toi la plus intelligente de nous deux. Je vais m'excuser des millions de fois de suite, mais tu dois m'aider.

— Est-ce qu'on t'a déjà dit que tu étais intense ?

— Alors, si je m'excuse mille fois de suite, ça ira ?

— Peut-être.

Je sentais de la froideur dans le ton de Brenda. J'ai quand même poursuivi :

— En fait, la personne qui a dénoncé Lauren l'a fait pour de bonnes raisons. Je ne veux pas que cette personne ait des ennuis, mais je dois trouver un moyen d'arranger les choses.

— Et tu penses que je saurai quoi faire.

— En fait, tu es mon seul espoir.

Brenda a soupiré :

— D'accord. C'est loin de mon domaine d'expertise, mais en science, si on fait une gaffe, la chose honorable à faire, c'est de la rendre publique. On écrit un article sur ce qui s'est mal passé et on le publie pour que tous nos collègues puissent le voir. Il faut reconnaître son erreur.

— Veux-tu dire que je devrais publier une annonce dans le journal de l'école pour dire que j'ai mis la drogue dans son sac ?

— Je ne dis pas que c'est la meilleure solution, mais c'est une option. As-tu une autre idée ?

— Non, pas vraiment. La science n'est pas mon domaine.

— Quel est ton domaine ?

— Le cinéma.

— Que font-ils au cinéma ? m'a demandé Brenda.

— Dans les films, quand un personnage veut se racheter, il doit faire un sacrifice noble. Comme lorsque Rhett Butler quitte Scarlett O'Hara au milieu de l'invasion d'Atlanta pour rejoindre l'armée, même s'il sait qu'ils perdront.

— Je crois que partir en guerre et risquer ta vie est un peu excessif.

— En plus, l'uniforme ne me va pas bien. Je peux sacrifier quelque chose, par contre.

J'ai pris un crayon et j'ai commencé à taper sur le comptoir avant de poursuivre :

— Je vais devoir tuer Claire.

— Au moins, elle ne sera pas morte pour rien.

Brenda avait le don de souligner le bon côté des choses. J'ai ajouté d'une voix tremblante :

— Mais avant de mettre l'avis de décès dans le journal, je dois parler à quelqu'un.

— Qu'est-ce qu'il dira, d'après toi ? a demandé Brenda.

— Je ne sais pas. Je devrai peut-être sacrifier ma chance d'être avec lui aussi.

— Ou la rendre possible.

42

Je suis arrivée tôt au cinéma, mais Christopher y était déjà. Il était assis dans la rangée du fond, les yeux fermés, attendant le début du film. On présentait *Les Diables de Guadalcanal*. J'ai pris une grande inspiration et je suis allée le retrouver. Il a ouvert les yeux quand je me suis assise. J'ai désigné la montagne de friandises sur ses genoux : un seau de maïs soufflé, une boîte géante de menthes et des bonbons Sweetarts au goût acidulé.

— Es-tu affamé ? ai-je demandé.

— Un souper de champion.

Il m'a offert du maïs soufflé et a ajouté :

— Je vois que tu t'es décidé, tu aimes les vieux films.

— Je les ai toujours aimés. Il faut que je te parle.

— Maintenant ?

Il semblait perplexe. La conversation et le cinéma ne vont généralement pas de pair. Les lumières se sont éteintes et le son Dolby a empli la salle. Le volume était si élevé que les ondes sonores m'ont poussée au fond de mon siège. À l'évidence, les bandes-annonces étaient conçues pour les malentendants. J'ai répondu :

— Non, ça peut attendre.

J'ignorais ce qu'il allait faire quand il allait apprendre la vérité. C'était peut-être le rebelle officiel de l'école

Lincoln, mais il avait un sens moral clairement défini. En s'enfonçant dans son fauteuil, il a dit :

— Je suis content que tu sois venue.

— Moi aussi.

J'avais parlé si bas que je n'étais pas certaine qu'il m'avait entendue.

Nous marchions vers nos voitures quand Christopher a dit :

— Comment peux-tu ne pas aimer John Wayne ? C'est comme dire que tu n'aimes pas le baseball ou la tarte aux pommes. C'est anti-américain.

— Ce n'est pas exactement la même chose que brûler le drapeau ou manifester pour l'anarchie.

— C'est peut-être pire. Et dans le film *Le Massacre de Fort Apache* ?

— Non.

— Bon. Dans *Rio Grande* ?

— Pas vraiment, ai-je répondu en agitant la main.

— *Les Feux de l'enfer* ?

J'ai haussé les épaules et j'ai avoué :

— *L'Homme tranquille* était correct.

— Le film a gagné un oscar et elle le qualifie de correct.

— Tu sais ce qui est arrivé à Lauren, non ? La drogue ne lui appartenait pas.

J'avais prononcé la phrase à toute vitesse avant de perdre courage.

— Quel changement de sujet, Batman ! a dit Christopher.

— Je suis sérieuse. Je sais qu'elle ne lui appartenait pas.

— Pourquoi parles-tu toujours d'elle ?

— Je ne parle pas toujours d'elle, ai-je répliqué.

Christopher a ri, ce qui m'a embêtée. J'ai ajouté en tentant de prendre un ton plus calme :

— Je ne parle pas si souvent d'elle.

— Ne te fâche pas. Tu peux parler de qui tu veux. Tout le monde parle d'elle en ce moment.

— C'est ce dont je veux te parler.

— Écoute-moi, pèlerin, tu ne veux pas avoir affaire à la loi.

Son imitation de John Wayne était pitoyable et j'ai croisé les bras. Il a alors dit :

— Oups ! J'avais oublié que tu le détestes. Tu as raison, tu sais, la drogue n'appartenait pas à Lauren.

— Comment le sais-tu ? ai-je soufflé en me sentant défaillir.

— Cette fille est bien trop coincée pour fumer de l'herbe de façon régulière. Selon toi, est-ce que c'est quelqu'un qu'on peut qualifier de relax ?

J'ai fermé la bouche. Sa logique était implacable.

— J'ai mis la drogue dans son sac.

— Pourquoi aurais-tu fait ça ? a-t-il demandé en reculant d'un pas.

J'ai dû me retenir pour ne pas me rapprocher.

— C'est une longue histoire. Est-ce qu'on pourrait parler dans un endroit tranquille ?

43

Christopher possédait une cabane dans un arbre. Elle était construite dans un grand chêne au cœur du bois derrière son quartier. Il a sauté pour faire tomber l'échelle de corde et m'a invitée à monter la première. J'avais dix ans la dernière fois que j'étais allée dans une cabane dans les arbres, mais celle-ci était la plus belle que j'avais vue de ma vie. Le plancher était droit et paraissait solide. Le toit était recouvert de bardeaux. Les murs s'arrêtaient à moitié pour qu'on puisse voir à travers les branches. Elle ressemblait étrangement à un avant-poste de surveillance.

Christopher est monté derrière moi. Il y avait un grand contenant Rubbermaid dans le coin. Il l'a ouvert et en a tiré des couvertures. Il en a étendu une sur le sol et m'en a donné une autre qui était bleue et usée.

— Il commence à faire froid, a-t-il dit.

Il a pris une couverture pour lui et a sorti une lanterne qu'il a allumée. Une lumière jaune diffuse a envahi la cabane. Si nous avions eu des guimauves et un feu, je me serais sentie en camping. Mais il doit bien exister un règlement interdisant les feux dans ce type de cabane étant donné que les arbres sont inflammables.

— C'est joli ici, ai-je dit pour rompre la glace.

— Ça fait un peu école primaire, ce qui est normal puisque je l'ai depuis cette époque. Mais tu voulais un endroit tranquille, te voilà servie.

— L'as-tu construite toi-même ?

— Moi ? Oui et non. Mon père et moi l'avons construite quand j'étais petit. Il savait comment bâtir des choses durables, mais il était moins doué dans ses relations. Cette cabane sera là pendant de nombreuses années encore, ce qui n'est pas le cas pour mon père.

— Je suis désolée.

— Ne t'en fais pas. Je m'en suis remis il y a plusieurs années. Ce traumatisme familial me servira en entrevue lorsque je serai un réalisateur célèbre. Il faut des sujets pour remplir les sections « extras » des DVD. En plus, ça me fait un endroit où me réfugier quand je ne m'entends pas bien avec ma mère. Je considère cette cabane comme un joli cadeau d'adieu de mon père.

J'ai enroulé la couverture autour de mon corps ; je ressemblais à un burrito douillet. J'ai pris une grande inspiration et je me suis lancée :

— Quand tu as dit que les choses étaient compliquées avec moi, tu avais raison. Tu te souviens que ma grand-mère m'a appelée Helen, non ? Eh bien...

Christopher ne m'a pas interrompu. Il m'a écouté jusqu'au bout. Je ne savais pas ce qu'il en pensait, mais je trouvais positif le fait qu'il ne se soit pas levé pour partir.

— C'est tout.

J'avais dit ça à la fin de mon récit. Je voulais qu'il sache que j'avais terminé de raconter mon histoire.

— Je ne m'attendais pas à ça, je dois avouer, a-t-il dit.

— Mais ce n'est pas moi qui l'ai dit à monsieur LaPoint.

Je trouvais important qu'il sache que je n'avais pas posé la dernière pièce du piège. Il a répliqué :

— Mais tu l'aurais fait. Tu ne l'aurais peut-être pas dénoncée au directeur, mais tu lui aurais causé des ennuis. Tu voulais la détruire, n'est-ce pas ?

J'ai tiré sur un fil de la couverture.

— Oui.

La larme qui coulait sur mon visage était chaude sur ma joue. J'ai compris à quel point il faisait froid. J'ai ajouté :

— Je suis désolée de l'avoir fait. Je suis désolée d'avoir fait du mal à Lauren et de vous avoir menti, à toi et à Brenda. J'ai toujours pensé que Lauren avait gâché ma vie, mais la véritable raison pour laquelle je n'ai jamais trouvé une autre bonne amie, c'est que je suis nulle dans ce domaine.

— Je suis assez nul moi aussi.

— Tu es mieux que moi.

— Ne le prends pas mal, mais tu n'as pas mis la barre très haute.

C'était difficile de contester cela. Je me suis emmitouflée davantage.

— La vérité sortira demain après l'école.

— Ce sera une journée intéressante, a dit Christopher.

— Pourras-tu me pardonner ?

J'ai cessé de respirer jusqu'à ce qu'il réponde :

— Comment pourrais-je te pardonner ? Je ne sais même pas qui tu es.

Ne pleure pas. Ne pleure pas. Je me suis rappelé qu'on ne voyait jamais Rhett Butler pleurer. On ne peut pas être noble et pleurnicharde en même temps. Demain est un autre jour, etc.

— Tu as raison, ai-je répondu.

Je me suis levée et j'ai plié la couverture. Je l'ai remise à Christopher sans ajouter un mot et j'ai descendu l'échelle. J'ai sauté les derniers barreaux.

— Hé, Helen ?

Christopher a sorti la tête de la cabane. Je voyais à peine ses traits dans le noir. Il a poursuivi :

— Je ne sais pas qui tu es, mais ça pourrait être intéressant de le découvrir.

Un immense sourire a envahi mon visage :

— Je peux te promettre qu'avec moi, ce sera fort probablement intéressant.

44

Je suis partie tôt de l'école. Je ne voulais pas être là quand ils allaient distribuer le journal avec mon annonce CLAIRE DANTES = HELEN WORTHINGTON à l'intérieur. En plus, je devais parler à une autre personne. La mère de Lauren a répondu à la porte. Elle portait des pantalons qui semblaient fraîchement repassés et un foulard en guise de ceinture – une ceinture pure soie coûteuse. Je me suis demandé si elle restait debout toute la journée pour éviter les plis. Les cernes sous ses yeux étaient la seule fausse note. Autrement, elle était parfaite. Elle n'a rien dit, haussant seulement un sourcil. J'ai deviné que mes pantalons de yoga tachés n'activaient pas son gène de l'hospitalité. En levant le sac plein de livres que j'avais apporté, j'ai demandé :

— Est-ce que Lauren est à la maison ? Je vais à l'école avec elle et je lui apporte ses devoirs.

— Je les lui donnerai, a-t-elle répondu en tendant une main parfaitement manucurée.

— En fait, je dois la voir. Il faut que je lui explique certaines choses.

Madame Wood n'a rien dit, mais elle m'a montré le chemin. Je l'ai suivie à travers la cuisine rénovée qui avait l'air de n'avoir jamais été utilisée et le salon rempli de meubles inconfortables, avant de monter à l'étage. Elle a frappé à la porte de Lauren avec un ongle et s'est éclipsée.

— Entrez, a dit Lauren.

J'ai ouvert la porte. Lauren était assise sur son lit et écoutait une reprise de *Gossip Girl* à la télé. Quand elle m'a vue, elle l'a éteinte. Elle s'est assise plus droite et a placé ses cheveux un peu crasseux. J'étais paniquée en venant chez elle, mais maintenant qu'elle était devant moi, un calme étrange m'envahissait.

— Je t'ai apporté des trucs de l'école.

S'il avait fallu que j'attende qu'elle me remercie, j'aurais probablement eu des cheveux blancs. J'ai demandé :

— Comment ça va ?

— Ça va bien.

La conversation languissait.

— Veux-tu autre chose ? a demandé Lauren.

— Je suis venue m'excuser.

— Pour quelle raison ?

— Te souviens-tu quand tu as dit que tout allait mal pour toi dernièrement ? Ce n'était pas le fruit du hasard.

— As-tu fait ça aussi ? As-tu mis les joints dans mon sac ?

— Oui.

J'avais le sentiment qu'elle était sur le point de lâcher la meute d'avocats de son père à mes trousses.

— J'imagine que tu veux savoir pourquoi j'ai fait ça, ai-je dit.

— Non, *Helen*. Je sais exactement pourquoi tu as fait ça.

J'ai reculé jusqu'à ce que je heurte le mur :

— Depuis quand le sais-tu ?

— Je m'en doute depuis longtemps, mais j'en suis certaine depuis quelques secondes. Pensais-tu vraiment que tu pourrais garder ce secret pour toujours ? Je te *connais*. Je te connais mieux que quiconque. J'aurais deviné plus tôt, mais je ne pouvais pas m'imaginer que quelqu'un soit aussi tordu.

Lauren s'est levée et a fait quelques pas. Elle a finalement croisé les bras puis m'a jeté au visage :

— J'imagine que tu es fière de toi.

— Pas vraiment.

— J'en doute.

— Je suis venue te dire que je suis désolée.

— Tu devrais, oui.

Lauren s'est rapprochée, nos visages se touchaient presque. Elle a ajouté :

— Espères-tu que je m'excuse à mon tour ? On pourrait s'asseoir, en parler et jurer d'être les meilleures amies du monde pour toujours, peut-être ? Peut-être que ton père et ta mère pourraient faire un cercle de paix dans les bois pour qu'on danse au clair de lune afin d'accomplir un rituel païen quelconque.

— Je ne m'attends pas à ce qu'on soit amies, mais nous l'avons déjà été. À une époque, j'aurais fait n'importe quoi pour toi.

— C'était ton problème, pas le mien.

— Tu as raison. Mais il m'a fallu beaucoup de temps pour le comprendre. L'amitié, ça doit aller dans les deux sens, ai-je dit.

— Oh, c'est profond. Tu devrais imprimer ça sur des T-shirts.

— Je suis venue m'excuser. Ce que tu as fait était mal, ce que j'ai fait l'était aussi. On est quittes. C'est fini.

— Et si je dis que ce n'est pas fini ? Si je demande à mon père et à ses avocats de poursuivre ta famille pour leur faire cracher tout ce que vous possédez ? Vous devez bien

254

posséder des choses. Qu'est-ce que les élèves de l'école diront quand la vérité éclatera? Penses-tu qu'ils t'aimeront lorsqu'ils apprendront que tu es venue ici pour me faire du mal? Pourquoi n'admets-tu pas que tu veux être à ma place? Tu as essayé de me voler ma vie parce que tu étais jalouse.

— Il y avait beaucoup de confusion dans ma tête, mais je suis certaine d'une chose, je ne voudrai jamais être à ta place.

Je me suis rendu compte, en disant ça, qu'elle avait presque raison. En me vengeant, je suis quasiment devenue comme elle, ce qui aurait été le pire de tout. Lauren a repris la parole:

— Peu importe. On verra bien ce que les gens diront.

— Les gens qui comptent pour moi savent déjà qui je suis. Pour ce qui est des autres, tu n'as pas à t'inquiéter. La nouvelle a probablement déjà fait le tour de l'école.

J'ai déposé le sac de livres sur le sol et j'allais partir, quand je les ai vus. Comment avais-je pu les manquer quand j'étais venue dans sa chambre? J'ai traversé la pièce et j'ai glissé mes doigts sur l'étagère où se trouvait sa collection de livres de Nancy Drew.

J'en ai pris un au hasard et je l'ai feuilleté. À l'intérieur, il y avait nos cartes d'agence de détectives et des photos de nous. J'ai souri devant l'une d'elles. Lauren avait couché chez moi. Je ne me souviens pas de l'occasion, mais mes parents nous avaient permis de jouer aux pionniers des colonies. Ils avaient baissé le chauffage et nous avions dormi devant le foyer. Le matin, ma mère avait fait des crêpes que nous avions noyées dans un lac de sirop d'érable. La photo nous montrait devant le foyer, notre assiette de crêpes sur les genoux. Je me souvenais très bien de ce moment-là. L'odeur du feu qui s'était mêlée à celle des crêpes. Mes cheveux qui avaient trempé dans le sirop. Nous avions tellement ri ce soir-là que je me demande si nous avons fermé l'œil. J'ai montré la photo à Lauren. Sa lèvre tremblait. J'ai conclu doucement :

— On a passé de bons moments ensemble.

Lauren a haussé les épaules ; elle était incapable de me regarder dans les yeux. J'ai ajouté :

— Prends soin de toi, Lauren Wood.

45

J'ai laissé Lauren à ses émotions et je suis descendue. Je suis sortie de la maison sans dire au revoir à madame Wood. Je ne lui devais rien.

J'ai entendu un klaxon et j'ai levé les yeux. La voiture de Christopher était garée de l'autre côté de la rue. Christopher et Brenda en sont sortis. J'ai souri.

— Comment ça s'est passé ? a demandé Brenda.

— Je ne crois pas qu'elle deviendra ma meilleure amie, si c'est ce que tu demandes.

— Bien sûr que non ! C'est moi, ta meilleure amie. La place est déjà prise.

— Qu'est-ce que vous faites ici ? ai-je demandé.

— Crois-le ou non, elle vient d'avouer qu'elle n'a jamais vu un film d'Audrey Hepburn, a répondu Christopher en montrant Brenda.

— Quoi ? Ce n'est pas encore fait !

— J'ai été très occupée.

— On a loué toute la série : *Sabrina*, *Diamant sur canapé* et, bien sûr, *My Fair Lady*, a dit Christopher en comptant sur ses doigts. On va chez Brenda pour commander de la pizza.

— Et vous êtes venus me chercher ? ai-je demandé.

— Comment puis-je te connaître si je ne passe pas du temps avec toi ?

Christopher s'est penché pour embrasser le coin de ma bouche avant d'ajouter :

— En plus, Brenda m'a dit qu'il te restait seulement une nuit avant d'être privée de sortie jusqu'à la fin des temps. Je me suis dit qu'il fallait que j'en profite.

— Bonne idée ! Le confinement cellulaire commence demain. Et si Lauren en parle à mes parents, il y aura probablement du travail communautaire obligatoire, ai-je dit.

— Ne t'en fais pas. En plus des films de vol à main armée, j'ai vu beaucoup de films sur des évasions. Il y a de l'espoir, a répliqué Christopher.

J'avais peur de le demander, mais il fallait que je le sache :

— Quelle a été la réaction à mon annonce ?

— Je crois que tu devrais songer à changer d'école, a répondu Brenda.

J'ai ouvert la bouche d'étonnement et Brenda a éclaté de rire :

— C'est une blague.

— La plupart des élèves que j'ai entendus semblaient trouver cette histoire assez distrayante. Qui sait, peut-être deviendras-tu plus populaire encore ? a ajouté Christopher.

— Je n'ai plus envie d'être populaire. Excepté dans le cercle des personnes ici présentes.

Nous nous sommes engouffrés dans la voiture de Christopher. Pendant que Brenda et lui débattaient des mérites des diverses garnitures de pizza, j'ai examiné les films qu'ils avaient loués.

Les vieux films sont en noir et blanc ; il y a les bons et les méchants. Tout bien considéré, je ne voulais plus vivre dans le passé. J'avais envie de vivre en couleurs.

Remerciements

Lorsque j'achète un livre, je lis toujours la section des remerciements. J'espère secrètement y voir mon nom. Dans cet esprit, je veux d'abord vous remercier d'avoir choisi ce livre. N'hésitez pas à prendre un crayon pour y inscrire votre nom, vous le méritez. Un énorme merci à ma famille et à mes amis qui me supportent. Parfois, c'est beaucoup plus difficile que vous pouvez l'imaginer. On ne choisit pas sa famille, mais si c'était possible, je choisirais celle que j'ai. Quant à mes amis, je ne peux pas imaginer qu'il en existe de meilleurs, et ce n'est pas rien puisque je gagne ma vie en inventant des histoires.

L'un des aspects les plus gratifiants de l'écriture est le soutien et l'amitié d'autres écrivains. Pour votre aide dans les remue-méninges, pour les sauvetages dans les moments de désespoir et pour votre inspiration, merci à Joelle Anthony, Allison Pritchard, Robyn Harding, Shanna Mahin, Carol Mason, Nancy Warren, Eileen Rendahl, Serena Robar, Carolyn Rapanos, Meg Cabot, tous ceux associés au blogue Debutante Ball, Joanne Levy, Brooke Chapman, Lani Diane Rich, Jen Lancaster, Allison Winn Scotch, Alison Pace et Barrie Summy. Je salue également Alexandre Dumas, qui a écrit *Le Comte de Monte-Cristo*, l'inspiration de ce roman.

Mon agente, Rachel Vater, continue d'être autant une amie qu'une partenaire commerciale irremplaçable. Merci pour tes conseils, ton soutien et les discussions prolongées sur les sujets qui me font douter. Un merci gigantesque à mon éditrice, Anica Mrose Rissi, qui partage mon amour des bons livres, de la bonne bouffe et des chiens, même lorsqu'ils sont désobéissants. Ton éclairage est formidable et rend chaque livre meilleur que le précédent. J'écrirais des livres avec toi n'importe quand. Toute l'équipe de Simon Pulse est fantastique. Un merci tout particulier à Cara Petrus qui crée des couvertures si merveilleuses que j'ai envie de les lécher.

Je remercie sincèrement mon mari qui a toujours cru que c'était possible. Tu es ma fin heureuse. Mes deux chiens méritent aussi des remerciements parce qu'ils me distraient souvent avec de vieux jouets mâchouillés. Moments attendrissants garantis.

Finalement, un merci géant à mes lecteurs. Il y a tellement de bons livres que je suis reconnaissante à toutes les personnes qui donnent leur chance aux miens. Venez voir mon site Web et écrivez-moi ce que vous avez pensé du roman. J'adore avoir de vos nouvelles !

www.eileencook.com

Eileen Cook

Eileen Cook est une écrivaine américaine qui habite au Canada depuis de nombreuses années.

Elle vit à Vancouver avec son mari et ses chiens. Elle ne souhaite plus être quelqu'un d'autre ni être ailleurs.

Elle est célèbre pour son blogue plein d'humour.

Vous pouvez en apprendre davantage sur Eileen, ses livres et ce qu'elle trouve amusant sur son site Web, à l'adresse ci-dessus.

eileencook.com

Érika Duchesne

Érika Duchesne est une traductrice et une adaptatrice montréalaise. Elle aime les découvertes que les documentaires et les livres lui permettent de faire.